DISCOURS

SUR

LA COMEDIE.

par le P. le Brun, de l'Orat.

Où l'on voit la réponse au Théologien qui la
deffend, avec l'Histoire du Théâtre, & les
sentimens des Docteurs de l'Eglise depuis
le premier siècle jusqu'à present.

Væ mundo à scandalis.
Matt. 18. 7.

A PARIS.

Chez

LOUIS GUERIN, ruë S. Jaques,
à S. Thomas d'Aquin, vis-à-vis
la ruë des Mathurins.
ET
JEAN BOUDOT, ruë S. Jaques,
près S. Severin, au Soleil d'or.

M. DC. XCIV.
Avec Privilege & Approbation.

(5)

LETTRE

A MONSIEUR ***.

IL est difficile d'entreprendre la défense d'une bonne cause, qu'on ne trouve des Raisons solides pour la soutenir. Je ne suis donc pas surpris, MONSIEUR, que vous & d'autres personnes éclairées ayez cru voir dans les deux discours sur la Comedie, quelque chose qui vous a paru digne de vôtre attention ; Mais tout ce qu'on en a dit ne sçauroit me déterminer à les faire imprimer. Il me semble que quand on refute des opinions qui plaisent aux gens du monde, il faudroit étudier les tours & les manieres qui peuvent les rendre attentifs & leur faire goûter les raisons qui ruinent des préjugez favorables à leurs passions. Cependant c'est à quoi je ne me suis gueres attaché dans ces discours. Vous sçavez que je les ay prononcés devant des personnes la plûspart indignées contre la Lettre qui

A ij

avoit paru en faveur de la Comedie.
Ainsi s'ils étoient imprimés on pourroit y trouver des mouvemens qu'un
homme qui lit de sang froid n'approu-
veroit peut-être pas. Si j'avois fait
ces Discours pour le public, j'aurois
donné au premier une autre forme : &
pour le second, je ne sçai si cette en-
chaînure des sentimens des Docteurs de
l'Eglise, avec l'Histoire du Theatre
qui n'a pas déplu à nos Sçavans, pourroit plaire aux gens du monde, eux
qui voudroient que les questions les
plus difficiles fussent terminées en quatre mots. Enfin pour determiner quel
tour il seroit à propos de prendre, il
faudroit y penser : & vous sçavez,
MONSIEUR, que j'ai autre chose à
faire. C'est assez pour moi d'avoir fait
ces Discours, puis qu'il a plû à Monseigneur l'Archevêque que vous trai-
tassions cette matiere dans nos confe-
rences. Apparemment on verra paroître plusieurs pieces sur ce sujet qui
vaudront mieux sans comparaison que
tout ce que je pourrois faire. S'il y
avoit pourtant quelques remarques

dans mon écrit qui puissent servir à
ceux qui travaillent ; ils me feroient
bien de l'honneur de les employer. Je
n'ai point fait difficulté de le communiquer à ceux qui l'ont souhaité. J'ai
même mis par écrit , pour faire plaisir
à quelques personnes , ce que je n'avois
dit que de vive voix , & je vous laisse
le Maître de tout pour le montrer à
qui vous jugerez à propos. Au reste,
quand on ne feroit paroître aucun ouvrage sur ce sujet , la Lettre du R. P.
Caffaro suffit ce me semble pour détruire celle qu'on lui attribuoit. Je ne puis
vous exprimer le plaisir que cette
Lettre m'a donné ; car outre que tout
le monde doit être édifié des sentimens
humbles & chrétiens dont elle est plei-
ne , je vois avec joye que quelques
mots un peu trop forts qui m'avoient
échappé dans les Discours ne tombent
que sur un Phantôme , & sur un Autheur inconnu , qui pour deffendre la
Comedie , s'est servi mal à propos du
nom ou du moins des qualitez d'un
Prestre & d'un Religieux tel que le
R. P. Caffaro. Je suis , &c.

Le 20. Mai 1694.

IL paroît par la Lettre precedente
que l'Auteur des deux Difcours
qui fuivent ne les eſtime pas aſſez
pour les faire imprimer. Pluſieurs
perſonnes éclairées ne ſont pas en
cela de ſon ſentiment: Elles trouvent que ces Diſcours ſont tres-ſo-
lides, appuyez ſur la Doctrine con-
ſtante des Peres, & pleins de recherches également utiles & curieu-
ſes. Un jugement ſi avantageux a
fait croire à ceux qui avoient cet Ouvrage entre les mains qu'ils devoient
le donner au Public: On le deman-
doit de toutes parts, & l'on peut
dire qu'il étoit attendu avec quelque
ſorte d'impatience. Ainſi l'on n'a pas
crû que la modeſtie de l'Auteur dût
en empeſcher l'impreſſion. S'il ſe
plaint de ce que l'Ouvrage paroît
ſans ſon conſentement, on le prie de
conſiderer que le manuſcrit n'eſtoit
plus à luy, puis qu'il l'avoit donné
à un de ſes amis, qu'il s'en étoit fait
pluſieurs copies; & qu'aprés tout,
ſa répugnance à le faire imprimer,
devoit ceder à l'utilité publique.

DISCOURS

SUR

LA COMEDIE.

VOus avez veu, Messieurs,
que les points que Pho-
tius reprochoit à l'Eglise Latine n'étoient pas un sujet de se-
paration & le Nomocanon qu'il
dressa lui-même nous fait voir
combien la Discipline de l'E-
glise d'Orient étoit semblable
à celle d'Occident. Les Grecs
ont toûjours fait beaucoup de
cas de cet Ouvrage ; & c'est ce
qui engagea Hervet dans le
temps qu'il étoit au Concile
de Trente d'en donner au Pu-

A iiij

blic une Traduction Latine, afin
qu'on vir la difcipline la plus
communément receuë dans
toutes les Eglifes.

La crainte de n'avancer pas
affez dans l'Hiftoire nous em-
pefche d'en examiner à fond
les principaux endroits; mais
nous ne pouvons nous difpen-
fer de nous arrêter un peu fur
deux Titres, dont l'un deffend
aux Clercs d'affifter aux jeux
de Theâtre fous peine d'être
interdits de toute fonction Ec-
clefiaftique *a* : & l'autre declare infâmes les Comediens qui
font métier de monter fur le
Theâtre. *b*

Vous fçavez, Meffieurs, le
bruit que vient de faire cette
matiere, & vous voyez affez
que les deux Decrets du Nomocanon faits dans un temps

a lib. 9.
cap. 17.

b lib. 3.
c. 31.

où l'Idolatrie étoit détruite depuis trois cens ans, suffiroient pour renverser les reflexions de ceux qui osent dire que l'Eglise n'a condamné les Jeux de Theâtre, qu'à cause qu'on les celebroit en l'honneur des Idoles.

Mais parce que le nouveau defenseur de la Comedie a tâché d'affoiblir tout ce qu'ont dit les Auteurs Ecclesiastiques; & qu'il a voulu détruire la Tradition sur ce point, nous montrerons dans ce Discours qu'il s'est détruit lui-même par ses contradictions, ses bevuës, ses propositions outrées & temeraires.

Et dans un second Discours, en donnant une idée du Theâtre depuis le premier siecle de l'Eglise jusqu'à present, nous

montrerons que les mêmes raisons qui ont fait condamner
le Theâtre dans tous les siecles par les Peres, & par les
Conciles, doivent le faire condamner encore aujourd'hui.

Commençons par l'examen
du Livre dont voici le titre.
Pieces de Theâtre de M. Boursault.
Germanicus, Marie Stuard, la
Comedie sans titre, Phaëton
Comedie en vers libres, Melea-
gre Opera &c. *Avec une Lettre*
d'un Theologien illustre par sa
qualité, & par son merite consul-
té par l'Autheur pour sçavoir si
la Comedie peut être permise.

PREMIER
DISCOURS
SUR LA LETTRE
DU THEOLOGIEN
DEFFENSEUR DE LA
COMEDIE.

QU E L nouveau spectacle
que des pieces de Theatre
soient jointes à l'ouvrage
d'un Theologien ! qu'un
Prêtre se montre à la teste de plusieurs Acteurs : Qu'un Religieux se
charge du Prologue de la Comedie,
& que ce Theologien, ce Prêtre,
& ce Religieux tout ensemble fasse

l'Apologie des spectacles pour ne
pas priver le Public des pieces Comiques de M. Boursault : n'est
certainement pas possible qu'on ne
trouve étrange, qu'un Prêtre obligé par son état à inspirer aux fidelles la fuitte des divertissémens dangereux les y porte par un Ouvrage
exprés, & qu'il détermine à faire des
Comédies un Auteur qui craint de
blesser sa conscience dans un semblable travail. Peut estre auroit-on
de la peine à le croire, s'il ne l'a-
voit dit luy-même en commençant
sa Lettre. *Je ne puis plus tenir, dit-
il, contre l'obstination & l'importunité de vos prieres, & pour vous gue-
rir de la crainte scrupuleuse où vous
estes que votre conscience ne sois in-
teressée dans les ouvrages de vostre
esprit &c.* Qui l'auroit jamais crû
qu'un Religieux, pour faire mettre
au jour des Comédies, s'appli-
queroit à vaincre l'obstination d'un
Laïque ; & que pour dissiper une
crainte qu'il appelle scrupuleuse, il
ne craindroit pas de renverser la

Tradition, persuadé qu'il ne peut écrire en faveur de la Comedie, sans paroistre s'opposer ouvertement à tous les Peres & à tous les Conciles. *Je me sens accablé*, dit-il, dés la deuxiéme page, *par un torrent de passages, de Conciles & de Peres, qui depuis le premier jusqu'au dernier ont tous fulminé contre les spectacles, & ont employé la ferveur de leur zele, & la vivacité de leur éloquence pour en donner une si grande horreur aux fideles que les consciences foibles & timorées ne veulent pas mesme qu'il soit permis d'en disputer, & traitent de pernicieux & de relâchez les Docteurs qui ont l'indulgence de les tolerer.*

Jamais aveu ne fust ni plus clair ni plus décisif pour aneantir tout ce qu'il va dire. Car à quoy aboutira le soin qu'il prendra de nous étaler avec emphase les infamies du Theatre pendant le regno de l'Idolatrie, & de repeter fort souvent que l'Eglise ne condamnoit la Comedie, qu'à cause qu'on y blasphemoit le

nom de Dieu, qu'on y voyoit des
ordures abominables, & qu'enfin
les Peres ne condamnoient pas absolu-
ment les danses, les chants, les
Opera & les Comedies, mais seule-
ment les spectacles qui representoient
les Fables en la maniere lascive des
Grecs & des Romains & qui se ce-
lebroient en l'honneur des Idoles.

Page 18.
Page 20.

L'aveu de la seconde page ne dé-
truit-il pas toutes ces pretentions &
ces remarques ? Rien n'est plus constant que par les Edits de Justinien,
l'Idolatrie fut entierement abolie
dans tout l'Orient au milieu du sixiéme siecle. Les Jeux en l'honneur des Idoles furent proscrits,
les Infamies des Idolatres bannies,
Cependant le Concile de Constantinople en 692. ne laissa pas de
decerner de griéves peines contre les
Comediens, & contre les Clercs
& les Laïques qui assisteroient à
leurs spectacles. Tout l'Orient sous-
crivit à ce Canon & de l'aveu de *l'Il-*
lustre Theologien, les Conciles jusqu'à present n'ont jamais cessé de

fulminer contre les spectacles, quoy que depuis neuf ou dix siécles le Theatre ne soit plus tel qu'il étoit pendant les trois premiers. Le changement qui s'y est fait n'a pû faire entierement lever l'Anathême. La discipline sur ce point a esté toûjours uniforme : Les Canons ont esté sans cesse renouvelez ; & si les gens du monde passionnez pour les spectacles cherchent des Approbateurs, qu'ils se souviennent de ce qu'a dit saint Paul, qu'il viendra un temps que les hommes ne pourront plus souffrir la saine doctrine, & qu'ayant une extrême demangeaison d'entendre ce qui les flatte, ils auront recours à des Docteurs propres à satisfaire leurs desirs.

Il seroit du moins à souhaitter que tous ceux qu'ils consulteront leur parlent avec autant de sincerité que le Theologien qui parle à la teste des six Comedies, & que leur aprenant les voyes détournées qui menent au relâchement, ils ne leur cachent pas les foudres dont l'Egli-

fe les menace. Le prétendu Theologien ne les a point déguisez ; &
Dieu a permis qu'il soit arrivé aux
Comediens en cette rencontre, ce qui
Numer.
sap. 22.
& 23. arriva au malheureux Balac qui vouloit faire benir ses Armées par un
Prophete ou un Prestre du Dieu vi-
vant. Balaam fust celuy qu'il choi-
sit pour cette ceremonie, mais Dieu
conduisit sa Langue ; il luy fit benir Israël, laissant les troupes de
Balac dans la malediction ; & il a
conduit encore aujourd'huy la plu-
me du Prestre consulté par des Comediens pour luy faire énoncer fort
clairement que l'Eglise n'a jamais
cessé d'anathematiser les spectacles,

Ce Prestre a beau-faire ensuite
quelques efforts pour montrer que
la Comedie doit estre mise au nombre des choses indifferentes ; il détruit luy-même à la fin de sa Lettre
tous les argumens qu'il avoit proposé.

Page 58. *A l'égard de ceux*, dit-il, *qui
vont à la Comedie, il y en a quelques
uns, qu'il seroit indecent & scandaleux*

leux d'y voir assister, comme sont les
Religieux & sur tout les plus réformez, & je vous avoüe que j'aurois de
la peine à les sauver de peché mortel,
aussi bien que les Evesques, les Abbez & tous les gens constituez en dignité Ecclesiastique : non pas qu'ils
assistassent à des spectacles mauvais,
mais par ce qu'estant consacrés à
Dieu, ils doivent se priver des divertissemens du siecle, outre que leur
presence en ces sortes de lieux pourroit
causer du scandale.

En voilà bien assez pour faire
trembler les Comediens & tous
ceux qui assistent aux spectacles ;
Car si la Comedie estoit de la nature des choses purement indifferentes, comme sont le boire, le manger, ou la promenade ; pourquoy seroit-elle incompatible avec
tout ce qui porte quelques marques
de la Religion, & pourquoy les Ecclesiastiques ne pourroient-ils pas y
assister sans offenser Dieu mortellement ? Seroit-ce à cause du grand
monde & des femmes qui s'y ren-

B

contrent & qu'ils doivent fuïr ?
Mais il y a, dit-on, des Loges où ils
pourroient se mettre à l'écart sans
voir le monde & sans en estre veu,
& quand ils iroient au parterre ils
ne se trouveroient ni avec le grand
monde, ny avec les femmes puisqu'elles n'y entrent point.

Dira-t'on que les divertissemens
du siecle sont interdits aux Ecclesiastiques ? Mais ne leur est-il pas permis de se delasser quelquefois par
des promenades, par des conversa-
tions ou par quelqu'un de cés divertissemens, qui d'eux-mêmes sont
indifferents, & qui sont mesme
quelquefois necessaires de peut que
l'esprit & le corps ne succombent sous
une application, & des fatigues con-
tinuelles ? Certainement il s'en pourroit trouver parmy ceux qui menent
une vie laborieuse & appliquée, à
qui quelques heures de divertissement dans la semaine convien-
droient peut-estre bien mieux qu'à
la plûpart des gens du monde, qui
ne se lassent qu'à force d'estre oi-

fifs ; & par consequent si la Comedie estoit un divertissement fort innocent & fort honneste, les Ecclesiastiques tels que ceux dont je viens
de parler qui iroient se delasser une
fois la semaine à la Comedie, seroient peut-estre bien plus excusa-
bles que ne le sont les gens du monde, & sur tout la plûpart des femmes, qui ne s'appliquant jamais se-
rieusement, cherchent mal-à-propos à se divertir. C'est l'oisiveté qui
les lasse, & c'est le travail qui doit
faire cesser leur ennuy.

Cependant on seroit fort scanda-
lisé de voir à la Comedie *des Reli-*
gieux & des personnes constituées en
dignité Ecclesiastique, Les plus relâchez en riroient, & l'Illustre
Theologien ne pourroit les sauver
du peché mortel. Les Canons en
effet ont trop souvent menacé des
censures les Clercs qui iroient aux
spectacles, pour pouvoir excuser
ceux qui sur ce point n'obeïroient
pas aux Saints Decrets. N'avons-
nous donc pas lieu de conclure des
B ij

principes même posez par le prétendu Theologien.

1 Que la Comedie n'est donc pas
tout-à-fait indifferente puisqu'on la
défend sous peine de peché mortel
aux personnes qui par leur estat
sont obligées de pratiquer la vertu.

2°. Que les Religieux & les personnes constituées en dignité Ecclesiastique ne pouvant aller à la
Comedie sans scandale, cela suppo-
se même que le monde croit qu'elle ne peut s'accorder avec les maximes & la sainteté de la Religion
Chrêtienne, & qu'ainsi les notions
communes s'accordent avec les saints
Canons.

3°. Que l'Auteur s'est écarté du
sens commun lors qu'il a écrit à la
39. page que *des Prelats de la Cour
estant allez à la Comedie, c'est une
marque qu'elle est si pure & si re-
guliere, qu'il ne peut y avoir de honte ny de scrupule à s'y trouver.* Il
faut conclure au contraire de ses
principes que si des Prelats ont esté

à la Comedie, ils ont fait un peché
mortel. Et qui s'avisera jamais de
dire qu'il n'y a ny honte, ny scrupule, à faire une action qu'on ne
fait point sans pecher mortellement?

4° Que comme le peché que com-
mettroient les Ecclesiastiques en allant à la Comedie seroit un peché
de scandale qui les rendroit respon-
sables de plusieurs autres pechez,
où tomberoient ceux qui auroient
crû pouvoir suivre leur exemple,
de mesme aussi les Laïques qui font
profession de pieté, & à qui la Comedie ne feroit aucune mauvaise
impression ne laisseroient pas d'offenser Dieu, & d'estre coupables de
bien des pechez, parce que plusieurs
esprits foibles pour qui la Comedie
est un poison mortel ne se determi-
nent quelquefois à y aller, qu'à
cause qu'on y voit aller des personnes qui passent pour pieuses.

5°. Enfin il faut conclure que
l'Auteur de la Lettre a merité les
censures de l'Eglise, & qu'il ne peut
être excusé d'une tres-grande faute.

Car si sa presence au Theâtre seroit
un sujet de scandale & de peché
mortel, le Livre qu'il vient de mettre à la teste des pieces de Theâtre le
rendroit-il moins criminel ? Seroit-
ce un plus grand crime d'assister une
fois à la Comedie que de se faire
mettre à la teste des Comedies, comme l'Aprobateur de tout ce qu'on
fait à present sur le Theâtre ? Et si
il auroit honte de paroître une fois
dans la sale des Comediens, pourquoi ne rougiroit-il pas d'avoir
multiplié sa presence par autant de
Livres, où à la teste des pieces de
Theâtre, il se montre avec la qualité de Prêtre, *a* d'Ami, d'Apologiste, & de Confesseur *b* des Comediens.

S'il a trouvé dans les saints Canons que les Religieux & les personnes constituées en dignité Ecclesiastique ne ppuvoient assister à la
Comedie sans se rendre coupables
d'un peché mortel, il a dû voir
aussi, qu'en même temps que l'E-
glise deffend aux Ecclesiastiques d'as-

a Pag. 37
b Pag. 37

sister aux représentations de Théâtre,
elle leur ordonne de détourner les
Fideles de tous ces vains amusemens.
Il n'a qu'à lire le 9. Canon du
Concile de Châlons sous Charlemagne, & il verra qu'il est enjoint aux
Prêtres d'inspirer aux Fideles de
l'horreur pour les spectacles des Comediens aussi bien que pour tous les
jeux deshonnestes.

Telle a toûjours été la conduite
de l'Eglise à l'égard des abus qu'elle
n'a pû abolir. Gemissant sur l'em-
pressement que font paroître les
peuples, & quelquefois mêmes les
Magistrats pour des pratiques con-
damnables, elle n'ose en venir à des
extremitez, & se contente d'ordonner à ses Ministres de travailler à dé-
sabuser les peuples & à leur donner de l'horreur de tous les divertis-
mens dangereux qui les enchantent.

C'est ainsi qu'en usa le restaura-
teur de la Discipline Ecclesiastique,
le grand S. Charles; car ne pouvant
abolir les spectacles, il fit ordonner
au 3. Concile Provincial, que les

Et histrionum sive scurronum & turpium seu obseænorum jocorum non solum ipsi respuane verum etiam fidelibus respuenda percenseāt. ann.815.

Predicateurs reprendroient avec force le déreglement de ces plaisirs publics que les hommes seduits par une
coûtume dépravée mettoient au nombre des bagatelles où il n'y a point de
mal : qu'ils décrieroient avec execra-
tion les spectacles, les jeux, les
bouffonneries du Theâtre & les autres divertissemens semblables qui
tirent leur origine des mœurs des
Gentils & qui sont contraires à l'Esprit du Christianisme : Qu'ils se ser-

*Publico-
rum pec-
catorum
illece-
bras,
quas ho-
mines de
pravatæ
côsuetu-
dinis er-
rore de-
cepti pro
nihilo
putant,*

*Concionator perpetuò reprehendet, atque in summum odium
adducere contendet ostendetque quam graviter Deum offen-
dant.*

*Spectacula, ludos, ludicraque id generis quæ ab Ethnico-
rum moribus originem ducunt disciplinaque Christianæ ad-
versantur, perpetuo detestabitur, execrabitur : demonstra-
bit incommoda publicasque inde ærumnas, in populum
Christianum dimanare. In quam sententiam valdè populum
confirmabit argumentis, quæ gravissimi viri, Tertullianus,
Cyprianus Martyr, Salvianus & Chrysostomus afferunt : in
eoque argumenti genere nullum aliud omittet, quo tanta
corruptela radicitus extirpetur, choreas saltationes ac tripudia, è quibus mortiferæ cupiditates excitantur, de sug-
gestu sæpe graviter reprehendet atque insectabitur.*

*Scenicæ personatæque actiones unde tanquam quodam
seminario semina malefactorum ac flagitiorum penè omnium existunt, quam à Christianæ Disciplinæ officiis ab-
horrentes, quam valdè cum paganorum institutis conve-
nientes, atque diaboli astu inventæ omni officio à populo
Christiano exterminandæ sint quam maximè poterit religio-
se contendet. aster. part. 4. pag. 48.*

viroient

viroient de tout ce qui a été dit de plus preſſant ſur ce point par Tertulien, S. Cyprien, Salvien, & S. Chryſoſtome : Qu'ils développeroient avec ſoin les ſuittes & les effets funeſtes des ſpectacles ; & qu'enfin ils n'oublieroient rien pour déraciner ce mal, & faire ceſſer cette ſource de corruption.

N'avez-vous pas obſervé, Meſſieurs, dans cet admirable Decret, que du temps de S. Charles bien des gens parloient de la Comedie comme quelques-uns en parlent encore aujourd'hui, *pro nihilo putant*, mais cela n'empêcha pas ce ſaint Archevêque d'ordonner que les Predicateurs deſabuſeroient la-deſſus les peuples, & qu'ils leur montreroient que rien n'eſt plus contraire aux mœurs, & à la diſcipline de l'Egliſe.

C'eſt ainſi qu'en uſent encore les Predicateurs d'aujourd'hui. Le Carême ne ſe paſſe point qu'ils ne parlent ſouvent avec beaucoup de force contre les ſpectacles ; & ſi quelqu'un s'aviſoit de faire un Sermon

C

en faveur de la Comedie, il pourroit bien s'asseurer qu'il ne remon-
teroit en Chaire que pour reparer
la faute qu'il auroit faite. Sous les
yeux de l'Illustre Prelat à la vigilance de qui rien n'échappe, l'erreur
ne se montre point impunément. Il
la découvre dans les lieux même
où plusieurs personnes ne l'ayoient
point aperçuë, Et après les exemples
tout reçens de l'application avec laquelle il vient de purger les ouvrages publics de tout ce qui alteroit la
Tradition de l'Eglise, il est surprenant qu'un Prêtre ait crû pouvoir
impunément attaquer ce qu'on prêche tous les jours dans nos Chaires.
Je ne m'étonne pas qu'on ait souhaité que son ouvrage fust flétry par
une voye plus courte qu'une réponse. Seroit-il en effet necessaire d'entrer en discution avec un homme,
qui connoissant à ce qu'il dit, quelle est sur les spectacles la Tradition
de l'Eglise manifestée par tous les
Peres & les Conciles depuis le premier jusqu'au dernier, laisse à l'é-

cart tous ces Peres & ces Conciles,
pour se rendre, dit-il, à la droiture
de la Raison, & à une autorité su-
perieure qu'il croit trouver dans
quelques Scholastiques. *Si je m'aban-*
donne à la Rigueur avec les Peres de
l'Eglise, ce sont ses termes & que
j'invective contre la Comedie, comme
contre une des plus pernicieuses inven-
tions du Demon, je ne puis lire nos
Theologiens, ces grands hommes si di-
stinguez par leur pieté & par leur do-
ctrine, que je ne me laisse adoucir par la
droiture de leur raisonnement, & plus
encore par la force de leur authorité.

Quand on entend parler des Peres de l'Eglise comme de gens qui
s'abandonnent à la Rigueur, qui se
gendarment, b qui se déchaînent, c
Car c'est ainsi que l'Auteur parle
toûjours des Peres, ne semble-t'il
pas qu'il les regarde comme des Auteurs peu judicieux, qui n'écou-
tant point la raison, decident de
tout sans moderation & sans con-
noissance, & que les Scholastiques
au contraire sont de sages maîtres

page 2.
& 3.

b Page
11.

c Page
13. & 14.

C ij

dont les lumieres, la Sageſſe, les
Temperamens, & l'Authorité doivent nous regler.

Franchement cette idée baſſe que
l'Auteur a des Peres montre bien
qu'il ne les a point lûs dans leur
ſource, & qu'il a été de bonne foy
lors que voulant nous citer quelques
mots de S. Benoît, il nous renvoye
à Caramuël, ſans doute comme à
un des principaux canaux par où la
doctrine des Peres vient juſqu'à luy.

Ce qui eſt admirable, c'eſt qu'a-
prés avoir avoüé ſi nettement, qu'il
quittoit le ſentiment des Peres, il
a bien oſé s'appliquer à la fin de ſa
Lettre, ces paroles du Fils de Dieu,
ma doctrine n'eſt pas ma doctrine, &
aſſurer qu'il n'a ſuivy que la doctrine & le ſentiment des Peres. Hé
que ſignifient donc ces manieres de
parler ſi modeſtes; *Je dis que ſelon*
moy, page 20, *J'ay fait une refle-*
xion qui me paroiſt aſſez judicieuſe
page 39, & cette note marginale
d'une franchiſe ſi extraordinaire,
Cette remarque eſt de moy, je ne la

trouve pas méchante, page 25.

Voilà déja plusieurs endroits qui font de luy, & puis qu'il veut bien que nous faffions une attention particuliere à ce qu'il a mis du fien dans fon écrit, nous remarquerons encore quelques endroits qui portent fon caractere, & que perfonne ne s'avifera jamais de revendiquer, quand il les auroit pris quelque part.

I. Lors qu'il dit, qu'il n'y a ny honte ny fcrupule à faire une action qu'il accufe ailleurs de peché mortel ; Qui ne voit que cela eft de luy, & qu'il pouvoit mettre en toute feureté à la marge, cela eft de moy.

II. Quand il affure, page 54. & 55. *que les Comediens qui joüent tous les jours ne pêchent point, parce qu'étant devoüez au public, c'eft moins pour leur divert ffement qu'ils joüent, que pour celuy des autres, & qu'ils peuvent joüer tous les jours, parce que tous les jours il fe peut trouver des particuliers qui veulent prendre une recreation moderée.* Certainement & la propofition & la preuve tout

C iij

est de luy. Car y-a-t'il un seul Auteur qui n'ait excepté jusqu'à present les jours solemnels & ceux de Penitence? je n'en dis pas assez. Quel est le Comedien qui ait osé monter sur le Theatre le Jeudy Saint, le Vendredy Saint & le Jour de Pasques? Non, Messieurs, les Comediens ne le prétendent pas; & il n'y a que le nouveau deffenseur de la Comedie, qui n'excepte aucun jour. Et pour quelle raison? parce qu'il peut se trouver chaque jour des personnes qui veulent avoir le plaisir de la Comedie!

O Eglise sainte où est le respect qui vous est dû, & la fidelité que les Prêtres vous ont jurée! Les Statuts Synodaux de vos Evêques & la voix de tous vos Predicateurs nous font entendre qu'on vous a fait une playe sensible, en laissant ouvrir le Theatre plusieurs jours de Feste, & que toute vôtre consolation est d'attendre que les fideles seront détournez des spectacles par les pressantes exhortations des Prestres. Et en voicy un, qui la tête levée engage les

Comediens à ne fermer jamais leur
Theâtre, parce qu'il peut toûjours
se trouver quelqu'un qui sera bien
aise d'en avoir le divertissement.
Vôtre sensibilité luy paroist imagi-
naire; Les Rituels des Diocesses
sont mis d'un air mocqueur au rang
de certains Livres dont il ne faut pas
faire grand cas, & tout ce qu'on
prêche passe chez luy pour *de belles* page 33.
paroles d'un Orateur austere qui n'entend point la Theologie, & qui n'a
nulle solidité. Epoux de l'Eglise
ouvrez les yeux de ce Prestre, & fai-
tes-luy voir son égarement, afin
qu'il le deteste & qu'il travaille à
lever le scandale qu'il a donné.

Rien n'est plus aisé que de sçavoir
quel est le sentiment de l'Eglise touchant les jeux de Theâtre aux jours
solemnels. Plusieurs Conciles de
France assez recens se sont clairement
expliqué sur ce point. Celui de
Rheims* en 1583. deffend absolument   ✳ Ludos
                      Theatra-

les, etiam præteхта consuetudinis exhiberi solitos , & pueri-
lia cæteraque ludicra quibus Ecclesiæ inquinatur honestas
& sanctitas , in Christi & sanctorum festivitatibus omnino
prohibemus.

tous les jeux de Théâtre les jours
de Fête. Le Concile de Tours
en la même année au Titre XI,
Celui de Bourges en 1584 titre VI,
canon VI. & plusieurs autres Conciles ont fait les mêmes défen-
ses, & ils n'ont fait en cela que
renouveller les Loix des Empereurs
Chrêtiens, qui disoient avec tant de
Religion & de justesse à ceux qui de-
mandoient des spectacles les jours de
Fête, *aliud supplicationum noverint
tempus, aliud voluptatum*. On auroit eu beau dire à Theodose qu'il y
auroit du temps pour le Sermon &
pour la Comedie. Un tel partage
n'étoit pas connu de ce grand Empereur, *Tota Christianorum ac fide-
lium mentes*, dit-il, *Dei cultibus
occupantur*. C'est pourquoi il ne voulut pas même permettre aucun plaisir public pendant les cinquante jours
depuis Pâques jusqu'à la Pentecôte,
parce que ces jours étoient regardés
comme des jours de Fête, & ils furent ainsi compris dans la derniere
Loy *de feriis*; où il est dit si expres-

*Prohibe-
tur po-
pulus
propha-
na soda-
litia, &
conver
sationes,
choreas,
tripudia,
larvas,&
theatra-
les ludos
iisdem
diebus
festis e-
xercere.*

fement : *Dies festos majestati altissi-
ma dedicatos nullis volumus voluptasi-
bus occupari.* On n'a qu'à voir
Brissonius & Godefroy sur la Loy
Dominico, au 15. Livre du Code
Theodosien titre 5.

Le Grand S. Charles ne manqua
pas de citer toutes ces Loix dans le
Traité qu'il fit composer contre les
Dances & la Comedie. D'où il con-
clut que l'Esprit de l'Eglise ayant
toûjours été uniforme sur cet article,
il y a peché mortel d'aller le Di-
manche à la Comedie.

Et le prétendu Theologien viendra
nous dire que sa doctrine n'est pas
sa doctrine, & qu'il n'a d'autre sentiment que celui des Peres, & de
S. Charles. Ha qu'il mette à la
marge de la proposition que nous ré-
futons, qu'il y mette, *Cela est de
moi*, & que nous ayons la consolation d'apprendre qu'il l'a retra-
ctée. Poursuivons.

III. Se rendre l'Apologiste de la
Comedie, avoüant en même temps
qu'elle est *moins l'école du vice que de*

la vertu, page 33. c'eſt à dire, preten-
dre que le vice eſt loüable lors qu'il
eſt joint à quelque apparence de vertu, cela eſt de luy.

IV. Aprés avoir examiné un tres-
grand nombre de Comedies pour
pouvoir juger s'il y a du mal, declarer qu'il n'y a *rien qu'on ne doi-*
ve approuver, rien d'indécent ni de
deshonneſte qui puiſſe bleſſer en quel-
que maniere la pureté des Mœurs page 41. *& qu'on n'en imprime aucune,*
où l'on puiſſe trouver une équivoque,
ni la moindre parole ſous laquelle on
pût cacher du poiſon, Page 44. Cela eſt de lui, c'eſt à dire d'un ami des
Comediens qui a levé le maſque;
d'un Apologiſte outré, qui ne ſçait
garder ni meſure ni vraiſemblance,
& qui ſera déſavoüé par tous ceux
qui ſçavent, quel eſt le ſel dont on
aſſaiſonne ordinairement ce qui doit
plaire dans les ſpectacles. Ici, Meſſieurs, pour ne pas combattre à yeux
clos le prétendu Theologien, je me
ſuis veu obligé de parcourir les principales pieces qu'on repreſente le

plus souvent sur le Theâtre ; & si
dans ce lieu uniquement destiné aux
Sciences Ecclesiastiques , je n'ose
vous lire des Vers , où les artifices
de l'Amour déreglé & les démar-
ches d'une ambition demesurée se
montrent avec l'appareil le plus capable de seduire les Cœurs, voyons
du moins ce que pensent les gens du
monde & les plus habiles connois-
seurs touchant les divertissemens du
Theâtre d'aujourd'hui. M. Despreaux nous l'apprendra dans le
beau portrait qu'il a fait de l'Opera,
où il montre aux maris d'une maniere également vive & naturelle
l'impression que peuvent faire les
spectacles dans l'esprit & dans le
cœur de leurs Epouses , quelques
pieuses qu'elles soient :

Par toy-même bientost conduite à suite *l'Opera,*
*De quel air penses-tu que ta sainte
verra*
*D'un spectacle enchanteur la pompe
harmonieuse,*

Ces Danſes , ces Heros à voix lu-
　xurieuſe ,
Entendra ces Diſcours ſur l'amour
　ſeul roulans ,
Ces doucereux Renauds , ces inſen-
　ſez Rolands ;
Sçaura d'eux qu'à l'amour, comme
　au ſeul Dieu ſuprême,
On doit immoler tout , juſqu'à la
　Vertu même :
Qu'on ne ſçauroit trop toſt ſe laiſſer
　enflammer :
Qu'on n'a reçeu du Ciel un cœur que
　pour aimer ;
Et ſous ces lieux communs de mo-
　rale lubrique,
Que Lully rechauſa des ſons de ſa
　Muſique.
Mais de quels mouvemens dans ſon
　cœur excitez ,
Sentira-t'elle alors tous ſes ſens
　agitez ?

　J'en ſupprime les ſuites , par ce
qu'en voilà bien aſſez, pour montrer
à quoy aboutit tout ce qu'on apprend aux ſpectacles, & pour faire

rougir le prétendu Theologien , qui
merite si justement ces reproches de
l'Ecriture : *Væ qui dicitis malum, bo-* Isaïe. 5.
num. Malheur à vous qui dites que 20.
le mal est bien.

On auroit beau vouloir le dégui-
ser. Il est certain qu'on croit communément que dans les Livres même, où la Comedie se trouve de-
nuée de tous ces attraits du Theatre
qui parlent si vivement aux passions,
elle ne laisse pas d'être dangereuse
à plusieurs personnes.

Aussi les Auteurs ne peuvent-ils
de sang froid considerer leurs Comedies avec des yeux éclairez de la
lumiere de l'Evangile,qu'ils n'en ge-
missent.On sçait que M.Corneille &
M. Racine ont été loüez,comme les
deux Auteurs qui ont donné les pieces de Theatre les plus chastes ; Qui
est-ce neantmoins qui n'a pas loüé davantage ces celebres Auteurs, d'avoir
enfin regardé ce travail comme des
pechez de la jeunesse.

Monsieur Pradon tout engagé
qu'il est à fournir de tems-en-

tems au Theatre, ne peut s'empeſcher de loüer l'exemple que M. Racine donne au public; & il paroiſt
ce ſemble aſſez perſuadé que l'exercice auquel il s'applique luy-meſ-
me à preſent, n'eſt guére compatible, ni avec la pieté, niavec la ma-
turité de l'âge. Car n'eſt-ce point ce
qu'on peut entendre par ces Vers :

Que ne ſuit-on les pas du modeſte
    *R. * * **

Réponſe
à la Sa-
tyre des
femmes.

Que le ciel aujourd'huy favoriſe illu-
    mine.

*   *   *   *   *   *   *   *

Plein des dons de la Cour ſur le point
    de vieillir,
Il mépriſe un métier qui vient de
    l'ennoblir,
Et deteſtant ſes Vers trop remplis
    de tendreſſe,
Les prend pour des pechez commis
    dans ſa jeuneſſe.

Le prétendu Theologien devroit
ſuivant ſes principes traiter de ſcru-
puleux M. Racine, mais le monde
& plus équitable, & plus Religieux

que luy, est convaincu qu'il y a un
temps qn'on doit gémir d'avoir fait
des Comedies, aussi bien que d'avoir
frequenté le Theatre. Il s'en faut
donc bien qu'on ne soit persuadé
que *la Comedie est une Ecole de vertu*, & qu'on n'y apprend jamais
rien que de tres-conforme à la pureté des mœurs.

Veritablement quelques personnes
s'étoient avisé de dire que Moliere avoit plus corrigé de deffauts à la
Cour & à la Ville luy seul, que tous
les Predicateurs ensemble : mais *Avril,*
comme a dit fort judicieusement *1684.*
l'Auteur de la Republique des Let- *p. 201.*
tres, cela ne peut êre vrai, qu'à "
l'égard de certaines qualitez, qui ne "
sont pas tant un crime qu'un faux "
goût, qu'un sot entêtement, com- "
me vous diriez, l'humeur des Pru- "
des, des Precieuses, de ceux qui ou- "
trent les modes, qui s'érigent en "
Marquis, qui parlent incessamment "
de leur Noblesse; Car pour la ga- "
lanterie criminelle, l'Envie, la Four- "
berie, l'Avarice, la Vanité, & cho- "

„ ses semblables, on ne peut croire
„ que le Comique leur ait fait beau-
„ coup de mal. L'on peut même assu-
„ rer qu'il n'y a rien de plus propre à
„ inspirer la Coqueterie que ces Pie-
„ ces, parce qu'on y tourne perpe-
„ tuellement en ridicule les soins que
„ les Peres & les Meres prennent de
„ s'opposer aux engagemens amoureux
„ de leurs enfans.

Que l'Apologiste des Comediens
aprenne donc mesme des gens du
monde, à n'attribuer à la Comedie
qu'un tres-petit avantage par rapport à quelques affectations ridicules & à quelques défauts purement
exterieurs : ce qui n'est rien en comparaison des maux réels & souvent
irréparables qu'elle produit dans les
consciences.

Qu'il soit convaincu qu'appeller
la Comedie moins une Ecole du vice
que de la vertu ; C'est une proposition temeraire, scandaleuse & qui
blesse les oreilles pieuses : Qu'il a in-
sulté aux saints Decrets en declarant
que les Comediens pouvoient en su-
reté

seté de conscience joüer tous les jours sans excepter les plus solemnels, pourveu que quelques personnes vouluśsent avoir le plaisir de la Comedie.

Qu'il est condamnable par ses propres principes, pour avoir prétendu justifier la Comedie contre la discipline de l'Eglise clairement exposée dans les derniers Conciles de France, dans les Rituels presque de tous les Dioceses, principalement dans celui de Paris, & dans les Statuts Synodaux même les plus reçens, tels que ceux de Besançon en 1676. titre 2. Statut 23. & dans ceux de Grenoble en 1690. dont l'article 5. du premier titre commence ainsi : *Rien n'étant plus contraire à l'esprit du Christianisme que les Bals & les Comédies, &c.*

Qu'il ne peut estre excusé sur ce qu'ont dit quelques Scholastiques, dont il ne prend pas bien le sens comme nous le verrons au premier jour, & qui d'ailleurs ne font pas

D

la regle de la discipline Ecclesiastique,

Que l'Eglise pour éviter de plus
grands maux, tolerant quelquefois
diverses choses qu'elle n'approuve
pas, c'est luy insulter, que de conclure qu'elle approuve la Comedie
à cause qu'elle ne fait pas biffer les
affiches des Comediens, comme
si l'on pouvoit ignorer cette maxime
tant repetée dans saint Augustin, *Ec-
clesia multa tolerat quæ non probat,*
qu'il n'a pû sans se contredire &
sans causer du scandale avancer que
des Prelats étoient allez à la Comedie & que leur presence l'autorisoit.
Quelle hardiesse ou plûtôt quelle
audace ! Qu'un homme dans un ouvrage, où il accuse de peché mortel
les Prelats qui vont à la Comedie,
ose avancer qu'il y en a plusieurs
qui y vont. Quel travers d'esprit ;
qu'il se serve du peché de ces Prelats, pour prouver qu'il ne peut y
avoir aucun mal d'aller à la Comedie, Si des Evêques sont effective-

ment tombez dans le peché dont il les accuse, ne devroit-il pas éten-dre le manteau pour les couvrir, mais il ne faut pas écrire legere-ment qu'il y ait des Evêques qui aillent à la Comedie. Les Abbez de Cour n'osent même, dit-on, y aller. Les plus pieux en effet en sont assez détournez par les principes du Christianisme, & ceux qui veulent faire leur Cour, la feroient assez mal en allant à la Comedie, où le Roy ne va jamais depuis plusieurs années.

Mais supposons que quelques Pre-lats y soient allez. Est-ce sur leurs actions qu'il faut regler sa condui-te, ou n'est-ce pas plûtôt sur ce qu'ils enseignent publiquement dans les Conciles, dans leurs Statuts Sy-nodaux, dans les Chaires soit par eux mêmes, ou par les Predicateurs à qui ils donnent mission. *Super Ca-thedram Moysis sederunt &c.* Voilà où Nôtre-Seigneur a renvoyé tous les hommes pour apprendre la saine Doctrine.

D ij

Nous verrons au premier jour ce que les Pasteurs de l'Eglise nous ont enseigné touchant la Comedie depuis le premier siecle jusqu'à present.

SECOND
DISCOURS

Où l'on fait l'Histoire des diver-
tissemens du Théâtre, & des
sentimens des Docteurs de l'E-
glise sur cette matiere.

OMME il n'est pres-
que pas de sujet qui ne
puisse être consideré sous
diverses faces, que les
hommes ne sont pas également attentifs ni également clairvoyans pour
les appercevoir toutes, & que l'un
est frapé d'une Circonstance qui ne
fait aucune impression sur un autre,
il n'est pas surprenant que sur une

même matiere les sentimens se trouvent souvent partagés ; mais il paroît étrange que les Chrêtiens ayent des sentimens differens, lors que l'Eglise condamne des choses aussi marquées que le sont les Comediens & leurs spectacles. Faut-il qu'on ose dire que l'Eglise n'a condamné les Comedies, qu'à cause de l'Idolâtrie & des infamies que les Payens y mêloient autrefois ? Comme si les Conciles du 16e. siecle n'interdisoient aux Fideles que le Theâtre de Neron ou d'Heliogabale, & si le Rituel de Paris imprimé depuis quarante ans ne defendoit de donner les Sacremens qu'à des Comediens, qui vivoient du temps de Plaute, de Terence, ou d'Aristophane.

Est-il raisonnable qu'on vienne toûjours demander à l'Eglise quel mal contiennent les Comedies ; Ne devroit-il pas suffire aux Chrêtiens de connoître les souhaits de leur mere, pour se conformer à ses volontez ; & ne faut-il pas être aussi

Accedit sunt à communione manifesté infames, ut meretrices, concubinatii, comœdi pag. 108. en 1654.

peu Religieux, & auſſi méchant
Theologien, que l'eſt le nouveau
defenſeur de la Comedie, pour oſer
dire d'un air mocqueur à ceux qui
croyans la Comedie defenduë, ſe
feroient un ſcrupule d'y aller, *Juſ-*
qu'à preſent je l'avouë, je croïois,
qu'on defendit les choſes parce qu'elles
étoient mauvaiſes, & non pas qu'elles
fuſſent mauvaiſes, parce qu'elles étoient
defenduës page 28. Eſt-ce que nous
ne ferons point de ſcrupule de manger de la viande en Carême, ou fau-
dra-t'il ſe perſuader que durant qua-
rante-ſix jours de l'année la viande
devient mauvaiſe par elle-même ?
Croirons-nous qu'il eſt mauvais par
ſoy-même de manger avant la Communion ? & lorſque l'Egliſe ordonna qu'on recevroit le Corps de Je-
ſus-Chriſt à jeun, ne luy ſuffit-il
pas d'avoir obſervé que les repas de
Charité qui precedoient la Communion Euchariſtique, étoient pour
pluſieurs un ſujet de diſſipation &
d'yvrognerie ? Pourquoi donc les

Pasteurs de l'Eglise, aprés avoir observé que la Comedie produit de
mauvais effets sur plusieurs personnes, ne pourront-ils pas la condamner absolument ? L'Eglise a-
voüera si l'on veut qu'on pourroit peut-être quelquefois n'y rien
apprendre de mauvais ; mais ne
pouvant examiner tout ce qui s'y
passe, & sçachant d'ailleurs que la
Comedie est souvent nuisible, elle
ne peut accorder à ses Enfans de
s'aller exposer au hazard d'offenser Dieu, elle la défend donc generalement, & déslors la voilà mauvaise parce qu'elle est défenduë.

Mais nous allons aussi montrer
qu'elle est défenduë parcequ'elle
est mauvaise & que presque toutes les mêmes raisons qui l'ont fait
condamner autrefois par les Peres
& par les Conciles, doivent la faire
condamner telle qu'elle est aujour-
d'huy. C'est, Messieurs, le sujet
de ce discours, où nous allons voir
quel a été le Theatre depuis le
premier

premier siecle de l'Eglise jusqu'à
present, & pour quelle raison les
Peres ont toûjours condamné la
Comedie. Pour distinguer cette va-
ste matiere par quelques époques,
nous distinguerons trois temps. Le DIVI-
premier comprendra le Regne de SION
l'Idolatrie, jusqu'à son entiere ex- DU DIS-
tinction dans l'Empire sous Justi- COURS.
nien, au milieu du sixiéme siecle.
Le second depuis l'extinction de
l'Idolatrie, jusqu'à la naissance des
Scholastiques qui fait une époque
assez considerable pour nôtre sujet ; & le troisiéme depuis les Scholastiques, c'est-à-dire depuis le milieu du XIII. siecle jusqu'à nous.
Donnons d'abord une idée des spectacles & de ceux qui les representoient.

On entend par spectacles tout ce
qui se fait en public pour réjoüir
le peuple ; il y en avoit autrefois de deux sortes, les uns propres à exercer le Corps, les autres
destinez à l'exercice de l'Esprit. Les

E

premiers étoient ceux du Cirque,
la course des Chevaux ; les Combats des bêtes, des Gladiateurs, des
Athletes : ces jeux n'ont nul rapport à ce que nous traittons. Les
autres étoient ceux du Theatre qui
se faisoient à l'ombre, d'où est venu le mot de *Scene*. Là se representoient les Comedies & les Tragedies, dont les Auteurs aussi bien
que les Acteurs, qui sont souvent
appellez *Tragædi & Comædi*, sont
aussi nommez d'un seul mot *Histriones* C'est ainsi que les celebres
Comediens Roscius & Æsope sont
nommez dans Ciceron, dans saint
e. Augustin, & dans Macrobe. f

On faisoit aussi paroître sur le
Theatre des bouffons qui s'appelloient *Mimi*, & ceux qui sçavoient
contrefaire toutes sortes de choses, se
nommoient *Pantomimi*. Les mots generiques qui exprimoient tous ceux
qui montoient sur le Theatre étoient
Scenici, g *Ludiones*, *periti artis*
Ludicra & l'Art se nommoit *ars*

Ludicra, ars Theatralis, ars Scenica, Ludi Scenici, l'Art des jeux, l'Art du Theatre, l'Art de la Scene, les jeux Sceniques. Ces notions font neceſſaires pour entendre les Auteurs qui ont parlé des jeux du Theatre. Entrons preſentement dans notre Carriere.

PREMIERE PARTIE.

Des Divertissemens du Theatre depuis Auguste jusqu'à l'Extinction de l'Idolatrie sous Justinien ; & du Jugement qu'en ont porté les Auteurs sacrez & prophanes.

AVANT Pompée les Jeux de Theatre étoient affez rares. Il n'y avoit point de Theatre fixe, & les spectateurs ne s'assistoient point, de peur qu'on ne prit trop de plaisir à ces vains amusemens ; mais après qu'on eut élevé des Theatres de pierre également commodes & magnifiques, les Jeux furent affez frequens. Sous Auguste ils furent tres-superbes & tres-ordinaires. Ce grand Prince les aimoit avec passion, & Suetone dit qu'il ne dissimuloit pas cette foiblesse. Tibere son successeur au contraire ne les ai-

moit point. Il ne s'y trouva jamais
& il les auroit entierement aboli,
s'il n'avoit craint d'irriter le peuple
& de faire trop regretter les douceurs du regne d'Auguste : il se con-
tenta de faire dresser quelques regle-
mens par le Senat touchant les
Acteurs du Theatre, dont les principaux, que Tacite rapporte, furent
qu'un Senateur ne les pourroit visi-
ter chez eux, ni un Chevalier Romain les accompagner dans la ruë ;
& qu'ils ne pourroient representer
que sur le Theatre public.

Ainsi furent traitez les Comediens avec plus ou moins d'infamie
durant les trois ou quatre premiers
siecles, & les Jeux de Theatre furent plus ou moins frequens, plus
ou moins honnestes, selon que les
Empereurs Idolatres jusqu'à Con-
stantin, furent ou plus dissolus, ou
plus sages.

Mais à l'égard de ce temps, où
l'Idolatrie dominoit, nous devons
faire deux observations essentielles,
qui detruiront entierement les fon-

E iij

Tacite
Ann. L. 1

L. 11

demens sur lesquels le prétendu
Théologien s'appuie.

La premiere est, que tous les jeux
du Theatre ne se faisoient pas en
l'honneur des Idoles ; & cette observation est clairement marquée
dans Tacite, qui distingue entre les *Ann. L.*
Jeux consacrez aux Idoles qu'il ap- *14.*
pelle sacrez , & les autres qui n'é-
toient que pour le divertissement.

A l'égard des premiers, les bouffons , dit-il , ne paroissoient pas sur
le Theatre, non pas même du temps
de Neron, au lieu qu'il leur estoit
permis d'y monter lors qu'il n'étoit
question que de divertir le peuple.

Il paroît aussi par plusieurs en- *De bellis*
droits d'Appien, que les Jeux étoient *Mytrid.*
quelquefois celebrez pour regaler *n. 111.*
quelques personnes distinguées, com- *& 412.*
me on fit à l'occasion de Lucullus ;
& quelquefois on indiquoit des Jeux
durant plusieurs jours, uniquement
pour divertir le peuple aprés de lon-
gues fatigues, ou lors qu'on crai-
gnoit qu'il ne murmurât.

La seconde observation est que

pendant le regne du Paganifme,
les Comedies & les Tragedies n'é-
toient ni fi horribles, ni fi infames,
que quelques uns fe l'imaginent, &
qu'il s'en faifoit même de plus honnêtes que celles d'aprefent.

Je vous avoüe, Meffieurs, que
je fuis indigné, quand je vois que
le prétendu Theologien joignant
l'ignorance à la temerité, s'applique uniquement à énerver les rai-
fonnemens des Peres, & que pour
faire une horrible peinture de la
Comedie d'autrefois, il s'avife de dire que *les Comediens paroiffoient*
nuds fur le Theatre. Voici la caufe
de fa bévuë.

Nous apprenons d'Ovide, de Martial, de Valere-Maxime, de Lactance, & de l'Ancien Scholiafte
de Juvenal, & fi l'on veut d'un Auteur affez recent *Alexander ab Ale-*
xandro, nous apprenons, dis-je,
de ces Auteurs qu'une femme
proftituée nommée Flore, laiffa en
mourant de grands biens à la Republique de Rome, à condition qu'on

E iiij

feroit quelques rejoüiſſances le jour
de ſa mort ; que le peuple appella ce
jour la Feſte des proſtituées ; que la
Canaille alloit chercher les femmes
de mauvaiſe vie , & les contraignoit
de ſe battre , de faire des poſtures
ridicules , & même de ſe dépoüil-
ler.

Cette infamie ne ſe faiſoit qu'u-
ne fois l'an , & on diſoit alors que
ces malheureuſes femmes devenoient
ce jour-là bouffonnes, parce qu'on
leur faiſoit faire le meſtier des bouffons, comme le dit Lactance. Ce ſont
les Jeux de Flore, que l'Auteur de la
Lettre confond avec les Comedies &
les Tragedies , d'où il conclud mal-
à-propos ; que les Comediens pa-
roiſſoient nuds ſur le Theatre.

S'il connoiſſoit un peu mieux
l'Antiquité , il ſçauroit qu'il n'y
avoit que la Canaille qui aſſiſtât
à ces Jeux de Flore, d'où vient
comme le dit Valere-Maxime, dans
l'endroit même cité par le Theologien , que Caton ſe trouvant auprés
du Theatre , où l'on devoit faire

De falſa
ſap. c.
21.
Mercl-
ces 21.
gitante
populo
a ludis
corpori-
bus in
Florali-
bus mi-
morum
funge-
bantur
officio.

paroître ces femmes, personne n'osâ demander qu'on les dépoüillât qu'a-près qu'il se fût retiré. Ce qui don-na occasion à cette Epigramme de Martial.

> Nosses Jocosæ dulce cum sacrum
> Flora,
> Festosque lusus, & licentiam vul-
> gi,
> Cur in Theatrum Cato severe ve-
> nisti?
> An ideo tantùm veneras ut exi-
> res?

Vous voyez-donc bien, Messieurs, que ce n'estoit-là qu'un effet de là licence du peuple *Licentiam vulgi*, condamnée par les honnestes gens, & qui faisoit même rougir ces fem-mes débauchées. Car Tertullien se récriant avec sujet contre le Senat qui souffroit une telle infamie, leur dit, qu'ils devroient rougir, puis-que ces malheureuses, qui avoient perdu toute honte, ne laissoient pas

De spec-tac. c. 17. Erub. s. eas Sena-tus, eru-bescant ordines omnes, illæ ipsæ pudoris sui inte-re sparesi.

te upsrices de gestibus suis ad lucem & populum expavesi. centes, semel in anno erubescunt.

de trembler, & de rougir elles-mêmes ce jour-là.

Du temps de S. Chryſoſtome on
faiſoit auſſi une fois l'an en Orient
les Jeux Majuma qui étoient d'une
pareille infamie, Ce grand Archevêque en obtint l'abolition de l'Empereur Arcadius ſuivant l'obſervation
du Cardinal Baronius en 396 ; mais
ces jeux n'ayant rien de commun
avec les Comedies & les Tragedies,
celles-ci ne receurent aucune atteinte
par la ceſſation de ces jeux infames ;
& S. Chryſoſtome ne manqua pas
d'exercer encore tres-ſouvent ſon
Eloquence contre les ſpectacles des
Comediens que l'Egliſe ne pouvoit
faire abolir.

L'autre preuve que le pretendu
Theologien aporte, pour montrer que
les Comediens repreſentoient nuds :
c'eſt, qu'Heliogabale parut ainſi ſur
le Theâtre. Quand ce qu'il dit ſeroit
vrai, que prouveroit l'exemple du
plus abominable mortel que la terre

Agebat
præterea
domi fa-
bulam Paridis, ipſe Veneris perſonam ſubiens, ita ut ſubito
veſtes ad pedes defluerent.

ait porté. Mais il est faux que ce fut
sur le Theâtre public qu'Heliogabale
osât faire le personnage de Venus.
Cela ne se fit qu'en particulier, &
Lampridius qui n'a pas craint d'écrire
tout ce qu'il avoit entendu raconter
de cet execrable Prince, le dit d'une
maniere fort claire.

Il n'en faudroit pas davantage
pour montrer ce qu'on doit penser de tout ce qu'avance le prétendu Theologien. Voyons neanmoins par des preuves positives, que
les pieces de Theâtre étoient souvent
plus honnêtes & plus chastes que
celles d'apresent. Nous en jugerons
par les regles dressées & observées
depuis Auguste, & par les pieces
qui nous restent de ce tems-là. Ho-
race qui vivoit sous Auguste, & qui
étoit aimé de ce grand Empereur,
donna ainsi les regles du Theâtre
dans son Art Poëtique : La Tragedie, dit-il, est serieuse d'elle-même.
Elle a un certain air de Majesté qui
ne s'accommode point du tout du
Burlesque. Semblable en cela à une

Dame chaste & modeste qui seroit
contrainte de danser par religion à
certains jours de Fête. Quand on
l'engage malgré elle à paroître avec
des satyres, elle rougit dés qu'on
dit quelque chose de trop libre:

Effutire leves indigna tragœdia ver-
sus.
Ut festis matrona moveri jussa die-
bus ,
Intererit satiris paulum pudibun-
da protervis.

Et lors que le même Poëte marque ce que fera le Chœur, qui doit
toûjours être joint à la Comedie &
à la Tragedie; il veut qu'il protege
lès gens de bien, qu'il soûtienne les
interets des vrais amis; qu'il tâche
d'appaiser ceux qui sont irrités; qu'il
aime ceux qui ont en horreur le crime; qu'il inspire de l'amour pour la
temperance; qu'il vante les mets
d'une table, où regne la frugalité;
qu'il loüe la justice si salutaire aux
hommes; qu'il chante la tranquili-
té & la seureté qui accompagnent.

toûjours la paix ; qu'il garde inviolablement les secrets qu'on luy a
confiés, & qu'il prie les Dieux que
la fortune abandonne les méchans,
& vienne remplir les desirs des gens
de bien:

Ille bonis faveatque & concilietur
  amicis :
Et regat iratos, & amet pacare ti-
  mentes :
Ille dapes laudet mensa brevis, ille sa-
  lubrem
Justitiam, legesque & apertis otia
  portis :
Ille tegat commissa : deosque precetur
  & oret,
Ut redeat miseris, abeat fortuna su-
  perbis.

Scaliger, M. d'Aubignac, M.
Despreaux, & les autres qui ont
traité depuis peu des pratiques du
Theâtre, ont-ils donné des regles
plus pures, plus honnêtes, plus
loüables ? Si des regles nous passons
aux pieces, vous verrés, Messieurs,
qu'on en representoit durant les

premiers siecles de l'Eglise, où ces
regles étoient exactement observées.
Comme les Romains entendoient la
langue Greque, on aimoit à voir
representer des pieces des Grecs.
Celles de Sophocle & d'Euripide
ont toûjours été les plus goûtées,
& l'on ne peut douter qu'on n'y
trouve le crime puni & la vertu
louée. Rien n'est plus beau que la
morale que le Pere Tomassin a tiré
de ces deux tragiques au premier
tome des Poëtes; & le Pere Rapin
a dit avec raison, que le Theâtre seroit bien plus innocent, s'il étoit
reglé selon l'idée de l'ancienne Tragedie, parce que la nouvelle est de-
venuë trop effeminée par la molesse
des derniers siecles, & que le Prince de Conti, qui a fait éclater son
zele contre la Tragedie Moderne
par le traité qu'il en a fait, auroit
peut-être souffert l'ancienne qui n'est
pas si dangereuse.

Mais voulés-vous, Messieurs une
preuve parlante que les pieces de
Theâtre d'autrefois, étoient souven

*Tom. 2.
in 4. pag.
148.*

plus chaſtes que celles d'apreſent.
Jugeons-en par celles qui nous re-
ſtent des premiers ſiecles, il ne s'eſt
conſervé que celles de Seneque : ſoit
qu'elles ſoient toutes de luy, ou qu'il
y en ait de quelque autre Poëte : elles
furent compoſées & repreſentées
ſous un Empereur auſſi impie & auſſi
debauché que l'étoit Neron. Cependant, Meſſieurs, ne faut-il pas
avoüer que ces Tragedies ſont plus
chaſtes que celles qu'on repreſente
aujourd'hui ? Qui eſt-ce parmi les
connoiſſeurs qui n'ait reconnu, que
les Tragedies des Anciens n'avoient
point d'autre but que d'exciter des
ſentimens de terreur, de compaſſion,
& qu'on a changé le vrai caractere
de la Tragedie, en y faiſant entrer
l'Amour.

Il eſt donc conſtant que les Tragedies des Anciens étoient plus
chaſtes, & ſi nous en venions à
l'examen des Comedies, peut-être les
trouverions - nous auſſi moins dan-
gereuſes. J'avoüe que celles de Plaute qu'on repreſentoit encore ſous

Dioclétien, comme le dit Arno-
be, font peu honneftes ; mais je
crois pouvoir dire, que celles de
Terence étoient plus tolerables durant les premiers fiecles, que ne le
font à prefent celles de Moliere.
Car il faut, s'il vous plaît, confiderer, qu'autrefois on s'énon-
çoit communément d'une maniere
affez libre & affez ouverte dans la
converfation, dans les Ecrits & dans
les Livres même de pieté. Cela paroît par quelques endroits de faint
Cyprien, de faint Auguftin & de
faint Jerôme, de forte que certaines expreffions qui nous bleffent,
ne faifoient pas plus d'impreffion
dans les Efprits, qu'en font prefen-
tement ces mots à double fens, ces
tours ingenieux & agreables, avec
lefquels on expofe à prefent une in-
trigue d'amour dans un Roman, ou
fur le Theatre.

Voilà dêja, Meffieurs, des idées
de l'ancien Theatre, bien differentes de celles qu'il a plû au Theologien de nous donner en confon-
dant

dant si mal à propos les Jeux infames de Flore ou de Majuma avec les Comedies & les Tragedies.

Voyons presentement ce qu'ont pensé les plus sages depuis Auguste touchant les pieces de Theatre, de quelque nature que fussent les pieces qu'on y representoit.

Plutarque loüe les Lacedemo- *L. 36. c. 22* niens de n'avoir voulu souffrir ni Tragedies, ni Comedies. La seule Magnificence des spectacles paroît criminelle à Pline, parce qu'elle in- *An. L. 14* spire le Luxe & la vanité. Tacite dit que les plus sages regardoient le Theatre comme une pernicieuse Ecole de molesse, & Seneque sou- tient que rien n'est plus contraire aux bonnes mœurs, que d'assister à *Nihil* quelque spectacle ; que l'ame s'y *verò* *tā dam-* trouvant seduite par le plaisir, re- *nosem* çoit aisément les méchantes impres- *quàm si* sions du vice, & tout Stoïcien qu'il *aliquo* *spectacu-* étoit il avoüe qu'il en sortoit plus *lo desi-* *dere.* avare, plus ambitieux & plus por- *Tunc e-* *nim per*

voluptatem facilius vitia subrepunt. Quid me *existimas* dicere ? avarior redeo, ambitiosior luxuriosior. *L. Ep. 7.*

F

té au plaifir & au Luxe.

Si les Payens parloient ainfi des fpectacles quelle idée penfez-vous, Meffieurs, qu'en euffent alors les Chrêtiens ! eux à qui Jefus-Chrift avoit dit fi expreffement, que les joïes du monde n'étoient pas pour les difciples de la Croix ; eux à qui ce Divin Sauveur avoit recommandé de fe tenir fur leurs gardes, de veiller & de prier fans ceffe ; eux qui brûlant du defir du Martyre ne fe trouvoient parmi les Payens que pour y prêcher l'Evangile ? un précepte formel de n'aller ni au Cirque, ni au Theatre auroit été alors affez inutile. Mais ne croyons pas pour cela, Meffieurs que l'Ecriture ne nous ait point marqué ce que nous devons penfer des fpectacles, comme l'a ofé dire le prétendu Theologien, page 3.

Il faudroit être bien étranger dans le nouveau Teftament, pour ne pas voir la défenfe des Comedies dans cette admirable exhortation de faint Paul, qu'on n'entende jamais

parmi vous des paroles deshonnêtes, ni de bouffones, ce qui ne convient pas à vôtre vocation ; mais
plûtôt des paroles d'actions de graces.

Qui ne sçait que les Comedies
d'aujourd'huy sont soüillées par ces
sortes de paroles que condamne l'A-
pôtre , mais remarquez je vous prie
ces derniers mots *gratiarum actio.*
Rien n'est permis aux Chrêtiens, qui
ne doive être joint aux actions de
graces , & qui oseroit rendre à
Dieu des actions de grace de la Comedie après y avoir assisté.

Saint Jean ne condamne pas moins
les vains plaisirs du Theatre , lors
qu'il inspire aux Chrêtiens de l'horreur pour tout ce qui ressent les plaisirs du monde, & pour tout ce qui peut
exciter la concupiscence de la chair, la
concupiscence des yeux , & l'orgüeil
de la vie. Car où est-ce qu'on trouve ces trois vices plus / assemblez
qu'au Theatre. Seneque l'a ouvertement declaré en nous disant qu'il
en revenoit toûjours plus dissolu,

F ij

Ephes. 5.
Aut car-
pitudo,
aut ful-
tiloquió,
aut scur-
rilitas
quæ ad
rem non
pertinet,
sed ma-
gis gra-
tiarum
actio,

S. Jean
2. 16.

plus ambitieux, plus avare : *Avarior redco, ambitiosior, luxuriosior.*

Que dirons-nous encore, Messieurs de tous ces endroits où saint Paul recommande si fort la modestie aux femmes & aux filles ? Croirons nous qu'elles peuvent être Comediennes sans cesser d'être aussi modestes que le veut saint Paul, & pourra-t'on se persuader qu'il n'est point contre la modestie Chrêtienne, qu'une femme se pare avec tout l'art dont elle est capable, & qu'elle monte sur un Theatre pour joindre à la parole les gestes, le ton & les manieres les plus capables d'inspirer les passions, contre lesquelles les hommes doivent être toûjours en garde.

Je ne parcourrai pas les autres endroits du nouveau Testament qui condamnent la Comedie. Toutes les maximes de l'Evangile y sont entierement opposées, & l'exemple des premiers Chrêtiens doit assez nous en convaincre.

Quoy qu'il y eût des pieces, com-

me nous avons dit, qui n'étoient pas
bien mauvaises, l'Octavius de Minucius. Fœlix ne laisse pas de dire
que les Chrêtiens méprisoient tous
les spectacles & les plaisirs du Theatre, qu'ils les fuyoient comme des
corrupteurs agreables , & qu'ils
n'aimoient point à se trouver là où
un Comedien lascif émeut les passions des autres, en feignant d'en
avoir luy-même : *Eucrius histrio
amorem dum fingit, infligit*.

Au commencement du troisiéme
siecle quelques Chrêtiens commençant à se relacher , s'imaginerent
qu'il ne pouvoit y avoir de mal
d'aller aux spectacles, & ce fut ce
qui engagea Tertullien à en composer un Traité, dès qu'il apprit que
l'Empereur Severe avoit indiqué
toutes sortes de Jeux la douziéme
année de son Empire.

Comme quelques-uns paroissoient
approuver les spectacles à cause que
tout ce qu'on y voyoit étoit l'ouvrage
de Dieu; Tertullien dit d'abord que
c'est par rapport à l'usage qu'on fait

des choses & non pas par rapport à
l'Auteur qu'il en faut juger , que
l'assassinat, l'empoisonnement & l'art
Magique, ne laissent pas d'être des
pechez énormes quoi que l'épée , le
poison, & le mauvais Ange qui pre-
side aux divinations, soient des creatures de Dieu.

Qui n'admirera , Messieurs, que
le prétendu Theologien ait voulu
Page 11. conclurre de ce prélude *que Tertullien a mis les Comedies parmy les
actions indifferentes.* On peut bien
conclure que Tertullien a mis tout
ce qui sert au Theatre & à la Comedie parmi les ouvrages de Dieu ; car
assurement il n'admet pas d'autre
Auteur des creatures que Dieu seul.
Mais pouvoit-il dire d'une maniere
plus precise & dans ce traité & dans
celuy de l'habit des femmes , que si
cela suffisoit pour justifier les pompes du monde , il ne faudroit pas
même condamner l'Idolatrie, puis-
que l'Encens , le feu, les victimes
qu'on immole & tout ce qu'on offre
font des Creatures de Dieu.

Cette frivole objection qui sert
pourtant de preuve au nouveau defenseur de la Comedie, étant ainsi
dissipée, Tertullien passe aux raisons qui doivent faire condamner
generalement tous les spectacles. Il
commence par l'Idolatrie qui se
trouve mêlée presque dans tous les
Jeux de Theatre & après cette raison qui ne regarde plus nôtre tems,
Venons, dit-il, à d'autres preuves
par rapport à ceux qui se flattent
qu'on ne trouve pas expressement
dans l'Ecriture la deffense d'aller
aux spectacles comme si cette deffense n'étoit pas renfermée dans la
condamnation des concupiscences ;
quasi parùm de spectaculis pronun-
ciatur cum concupiscentiæ damnentur.
Car poursuit-il, s'il y a une concupiscence dans l'avarice, dans l'ambition, dans la gourmandise, & dans
la luxure, il y a aussi de la concupiscence dans le plaisir que vous recherchez dans les spectacles.

La seconde preuve se tire de la
necessité de conserver l'esprit saint:

Nunc interposito nosse de Idolatria etiã ... alia jam rationa tractemus ex abundãti, propter eos maximé qui sibi blanditũtur quod non nominatim abstinentia ista præscripta sit : quasi parùm etiã de spectaculis pronũtietur cũ concupiscentiæ seculi damnantur.

Esprit de paix, d'union de tran-
quillité, & qui s'éteint en nous à
mesure que les passions s'y allument.
On ne va cependant au Theatre
que pour y être touché de plusieurs
passions d'amour, de colere, d'ambition, de douleur, & tout cela pour des
sujets qui ne nous importent en aucune maniere.

Deus
præcepit
spiritum
sanctum
ut poté
pro na-
turæ suæ
bono te-
nerum &
delica
tum &c.

Ne m'allez pas dire, poursuit
Tertullien que vous êtes insensible
à tous ces spectacles. On ne va pas
chercher du plaisir sans l'aimer. Cet
amour expose à des chûtes ; & ces
chûtes même irritent le plaisir &
la passion. Persistez - vous à dire
que vous ne sentez rien ; c'est
donc en vain que vous y allez ; &
vous êtes par consequent coupa-
ble d'une inutile & d'une perte de
temps considerable condamnée parmy les Chrêtiens aussi bien que la
concupiscence. Ne pourrions-nous
pas aussi repliquer à ceux qui nous
ont dit quelquefois qu'ils sont in-
sensibles à la Comedie : Vous ne
sentez rien. C'est peut-être que la
Comedie

Comedie trouve en vous des paſſions plus fortes que celles qu'elle repreſente. Vous ne ſentez rien ; C'eſt peut-être que vous voudriez ſentir davantage.

Une troiſiéme raiſon dont ſe ſert Tertullien, C'eſt que tout ce qui peut porter à l'impureté, eſt interdit aux Chrêtiens, & qu'ils ſeront jugez ſur toutes les paroles vaines & boufonnes qu'ils auront dites, ou volontairement entenduës. Or peut-on aller à la Comedie ſans s'expoſer à tous ces inconveniens ?

Cum e-
tiâ ſcur-
rilitateat
& omre
vanum
verbum
judica-
tum iri
à Deo
ſciamus.

Il tire une quatriéme preuve de l'Infamie dont ſont notez tous ceux qui montent ſur le Theatre. Car puis qu'on les exclut des honneurs & qu'on les prive de toutes charges, n'eſt-ce pas, dit-il, une marque viſible que leur art eſt jugé indigne d'un honnête homme ? Quelle eſt cette corruption, pourſuit-il, qui fait que l'on aime ceux, que les loix publiques condamnent, qu'on approuve ceux qu'elles mépriſent, qu'on releve un art, & un emploi

Cap. 22

G

en même temps, qu'on note d'infamie ceux qui l'exercent ? Quel est
le Jugement par lequel on couvre
de confusion des gens pour une pro-
feſſion qui les rend recommanda-
bles ? ou plûtôt quel aveu ne fait-on
pas par ce jugement de la corruption
qui eſt inſeparable de ce divertiſſe-
ment, puiſque quelque agreables
que ſoient ceux qui les donnent, ils
ne laiſſent pas neanmoins de de-
meurer dans l'infamie, dont on les
a notez.

Nous montrerons, Mrs, que l'infamie ſubſiſte encore par rapport
aux Comediens d'aujourd'huy; &
que le Rituel de Paris en les declarant excommuniez, ſuppoſe qu'ils
ſont infames. Mais achevons l'A-
naliſe du Traité de Tertullien.

En cinquiéme lieu le grand ſcan-
dale qu'il trouve aux ſpectacles, c'eſt
que les hommes & les femmes s'y
rencontrent enſemble, qu'ils y vont
avec tout l'ajuſtement qu'il leur eſt
poſſible, qu'ils cherchent à voir & à
être vûs, & que les regards, les pe-

tits mots, l'approbation qu'ils donnent d'une commune voix aux Comediens & la joïe qu'ils ont de se
rencontrer dans les mêmes sentimens, sont comme autant d'étin-
celles qui augmentent le feu secret
dont ils brûlent.

Enfin pour reduire en peu de mots
toutes les autres raisons de Tertullien. Il condamne le Theatre, parce qu'il est incompatible avec la
priere toûjours ordonnée aux Chrêtiens, parce qu'on ne peut offrir à
Dieu tout ce qui s'y fait ; parce que
les Chrêtiens ne doivent rechercher
que des joyes toutes spirituelles ;
qu'ils doivent rougir de compter
parmy les vrais plaisirs celuy de la
Comedie ; que si on aime la Poësie
& l'Histoire on en trouvera suffisamment dans l'Ecriture sainte ; que
la Religion nous presente des spectacles bien differens de ceux du
Theatre, & qu'on doit s'occuper
principalement de celuy, qui prece-
dé du son de la trompette nous ren-
dra nous-mêmes aprés la mort, un

spectacle devant Dieu & ses Anges.

Aprés tant de solides raisons de
Tertullien qui peuvent être si bien
appliquées à nôtre temps, nous ob-
jectera-t'on encore qu'il n'a condamné les spectacles qu'à cause de
l'idolatrie, & que dirons-nous du
prétendu Theologien qui n'a pris
dans Tertullien que deux objections qu'il s'étoit proposées?

Tertullien s'étoit proposé ces
deux objections. L'une que ce qui
sert au Theatre étant de soy-mê-
me indifferent, les Jeux de Theatre
ne peuvent pas être mauvais : L'autre
que l'Ecriture n'a pas expressément
interdit aux Chrétiens le Theatre.
Tout le traité de Tertullien est em-
ploïé à refuter ces deux objections,
& le prétendu Theologien est assez
peu avisé, que de les prendre & de les
proposer pour des preuves, comme
s'il ne restoit plus de Livres de
Tertullien qu'on pût consulter.

S. Cyprien au milieu du troisiéme
siecle confirma le sentiment de Ter-

tullien dans la Lettre à Donat. Pour
le traité des spectacles que le Theologien cite sous le nom de saint
Cyprien, on sçait depuis long-
temps que ce traité n'est pas de ce
Pere. Je ne m'étonne pourtant point
que sa Critique ne s'étende pas à
discerner des ouvrages dont on a
douté quelque temps. L'Antiquité
est un païs qui ne luy est gueres connu. S'il veut dire un mot d'une
Ode de Pindare, il nous cite l'O-
dissée, comme s'il y en avoit d'autre que celle d'Homere, & un des
Canons qu'on appelle Apostoliques
passe chez luy pour le Concile des
Apôtres. *Page 35.* Mais pour revenir
au traité des spectacles, de quelque
Auteur qu'il soit, si le prétendu
Theologien s'étoit donné la peine
de le lire ; Il n'auroit pas eû la hardiesse de dire, qu'il ne condamne que
les Jeux, qui se celebroient en l'honneur des Idoles. Car il auroit vû bien *Pag. 15.*
expressement le contraire à la troisiéme page en ces termes. Que diray-
je des vaines occupations de la Co- Quid lo-
quar co-

G iij

medie ? Quand même ces choses ne feroient point consacrées aux Idoles, il ne seroit pas neanmoins permis aux Fideles d'en être les Auteurs, ni les spectateurs ; & quelque innocentes qu'elles fussent, elles emporteroient du moins avec elles une vanité, qui ne convient point aux Chrêtiens.

De S. Cyprien l'Auteur passe à S. Bonaventure. Mais quel moyen de faire un si grand saut, qui n'est que de mille ans, sans remarquer au moins en passant les Peres & les Conciles qui ont parlé de la Comedie. Le Concile d'Elvire au Canon 67. *a* defend sous peine d'Excommunication aux filles & aux femmes chrêtiennes d'épouser des Comediens. Et le premier Concile d'Arles en 314. confirmé par le saint Pape Sylvestre, n'admet point à la Communion ceux qui montent sur le Theâtre. *b*

Mican & inutiles curant Hæc etiamsi non essent simulacris dicata, obeunda tamen & spectanda non essent Christianis fidelibus quæ etsi non habeant crimen, habent in se & maximâ & patum congruentem vanitatem. a Prohibendû ne qua fidelis, vel Cathecumena aut Comicos aut scenicos vi-

sos habeat. Quæcumque hoc fecerit à communione arceatur.
b De Theatricis & ipsos placuit quandiu agunt à Commu-nione arcerl. Can. 5.

Comme dans ce siecle l'Idolatrie declinoit beaucoup, & que l'Eglise au contraire faisoit d'admirables progrés, les Evêques obtinrent trois choses assez considerables.

La premiere, que les Comediens qui se seroient convertis, ne pourroient être contraints de remonter sur le Theâtre. La seconde, que les spectacles ne seroient jamais representés les jours de Fêtes. Et la troisiéme, qu'on aboliroit ces jeux infames, où une fois l'année des femmes paroissent nuës. Les deux grands Archevêques de ce siecle S. Ambroise en Occident & Saint Chrysostome en Orient, qui eurent plus d'accés auprés des Empereurs, montrerent par leur conduite ce que doivent faire en semblable occasion les Pasteurs de l'Eglise. Ils prient, ils parlent fortement, ils pressent, & obtiennent des Princes & des Magistrats tout ce qu'ils peuvent pour faire cesser les divertissemens les plus infames, & ensuite ils prêchent fortement contre ceux que la corruption des enfans du siecle oblige de tolerer, pour éviter de plus grands maux. Aprés cela comment oser dire que l'Église approuve tout ce qu'elle tolere.

Un des endroits dont se servoit S. Ambroise pour détourner les Fidelles des Jeux du Theatre, étoit le 37. ℣. du 118. Pseaume. *Averte oculos meos ne videant vanitatem.* Doutez-vous, disoit-il à son peuple, que ces Jeux ne doivent être mis au nombre des vanitez, & comment un Chrêtien peut-il les rechercher, sçachant que Jesus-Christ a crucifié dans sa chair tous les vains plaisirs du monde ? Saint Cyrille de Jerusalem au même siecle joignoit à cet endroit de David la promesse que tous les Chrêtiens ont fait de fuïr les pompes du monde, dont les spectacles du Theatre ne peuvent être exceptez.

Pour saint Chrysostome, il ne cessa de prêcher à Antioche, & à Constantinople pour détourner les Fidelles du Theatre. Tantôt il leur dit qu'on devroit rougir, de voir que des femmes ayent l'impudence de monter fur le Theatre: Tantôt il leur fait confiderer que puifque toutes les loix & des Payens, & des Princes Chrêtiens & de l'Eglife declarent les Comediens infames, il faut bien que tout le monde foit convaincu que ce qu'ils font eft condamnable.

Quelquefois il leur met devant les yeux combien on s'expofe à avoir de méchantes penfées à la Comedie. Quoy, dit-il (dans l'admirable Homelie de Saül & de David, dont Baronius a inferé une partie à la fin du IV. fiecle) un regard jetté avec trop de curiofité fur une femme qu'on rencontre par hazard eft quelquefois capable de bleffer l'ame; & vous ne craindrez pas de paffer plufieurs heures à contempler fixement des femmes qui fe parent avec tout le foin poffible, qui fe font toute leur vie exercées à remuer les paffions, & qui n'oublient rien pour plaire aux fpecta-teurs ? Helas! pourfuit-il, fi dans

l'Eglise même, où le chant des Pseau-
mes, l'explication de la parole de
Dieu, & la presence de la Majesté
Divine, nous mettent en garde contre toutes les attaques, la concupiscence ne laisse pas quelquefois de
se glisser dans le cœur, que doit-on
se promettre dans un lieu, où les
yeux par les objets, & les oreilles
par les chants lascifs & effeminez
trouvent tant de pieges; & où l'a-
me seduite par le plaisir n'entend
presque jamais que des leçons d'une
morale, ou payenne ou impudi-
que.

Ne me dites point, reprend - il
ailleurs, que vous n'y faites aucun
mal, comme si vous n'êtiez pas cou-
pable du mal que commettent ceux
qui n'y vont qu'à vôtre exemple.

Enfin souvenez-vous, dit-il, dans
la VI. Homelie sur le second cha-
pitre de saint Matthieu, que saint
Paul a défendu aux Chrêtiens les
paroles vaines & bouffonnes, qui ne
tendent qu'à un vain divertissement.

Si je voulois presentement vous

expoſer les ſentimens de S. Auguſtin, cela nous meneroit trop loin. Il ſuffit de remarquer que ce grand ſaint s'accuſe dans ſes Confeſſions d'être allé au Theatre, pour y être touché, tantôt de la repreſentation de quelques malheurs étrangers & fabuleux, & tantôt de quelques intrigues d'amour qu'il ſçavoit bien être feinte.

L. 3. c. 1.

Aprés la mort de ſaint Auguſtin il ne fut plus neceſſaire que les Peres, ni les Conciles fulminaſſent contre les ſpectacles. Les Gots & les Vandales qui ravagerent une partie des Gaules, l'Italie, l'Eſpagne, & l'Afrique les avoient fait ceſſer preſque par tout. Il n'y avoit que la Provence qui n'ayant pas été ravagée avoit des Comediens, & ce fut ce qui donna occaſion au ſecond Concile d'Arles en 452. de renouveler le Canon du premier Concile en 314. qui déclare excommuniez tous ceux qui montent ſur le Theatre.

De Theatricis qui fideles ſunt placuit eos quandiu agunt à communione ſeparari. Can. 20.

Quoi que dans le premier ſiecle

la ville de Marseille n'eut jamais
laissé monter des Bouffons sur le
Theatre, comme ledit Valere Maxime, elle l'approuvoit alors; &
Salvien Prêtre de cette Ville parla
avec beaucoup de force contre ces
folies. Il expose dans le cinquiéme
& sixiéme Livre de la Providence.
Les miseres où presque toute la terre se trouvoit alors, ce qui seul devroit faire cesser tous les plaisirs. Il
leur demande si étant Chrêtiens &
ne devant agir que pour Jesus-Christ,
ils voudroient offrir à Jesus-Christ
les Jeux du Cirque & du Theatre.
Christo ergo (ô amentia monstruosa!)
Circenses offerimus & mimos? Christo
pro beneficiis suis theatrorum obscana
reddimus? L. 6. cap. 5.

Est-ce là, leur dit-il, ce que Jesus-Christ nous est venu enseigner
sur la terre lors qu'il est dit, *que la*
grace de Dieu nôtre-Seigneur a paru
à tous les hommes, & qu'elle nous
a appris que renonçant à l'impieté
& aux passions mondaines nous de-
vons vivre dans le siecle present avec

De spec-
taculis.

Temperance, avec Justice, & avec Pieté; étant toûjours dans l'attente de la beatitude & de l'avenement de nôtre Sauveur Jesus-Christ. Vous cherchez à rire poursuit-il, & vous êtes les Disciples de Jesus-Christ dont personne n'a jamais écrit, qu'on l'ait vû rire, au lieu que nous sçavons qu'il a pleuré.

Enfin, souvenez-vous, que vous avez dit au batême, je renonce au démon, à ses pompes, à ses spectacles & à toutes ses œuvres.

C'est ainsi, Messieurs, que parloit Salvien dans un païs où l'Idolatrie ne regnoit plus. Elle fut dans le siecle suivant entierement abolie en Orient par Justinien, lequel renouvellant dans le Digeste les loix de ses predecesseurs qui avoient declaré les Comediens infames, montra assez ce que tous les Chrêtiens devoient en penser.

SECONDE PARTIE.

Des Divertissemens du Theatre, depuis l'extinction de l'Idolatrie dans l'Empire, jusqu'à la naissance des Scholastiques.

LEs siecles que nous allons parcourir, ne nous presentent de tous côtez dans l'Empire d'Orient, que des Irruptions de peuples barbares, qui firent cesser presque par tout, l'Etude & la Politesse. Les spectacles du Theatre n'eurent plus rien qui ressentît les gens d'esprit. Mais de quelque nature qu'ils fussent ; le Concile *in Trullo* en 692. défendit aux Clercs & aux Laïques d'y assister, aux premiers, sous peine de déposition , & sous peine d'excommunication aux Laïques.

Omnino prohibet hæc sancta & universalis Synodus, eos qui dicuntur mimos & eorum spectacula Deinde venationum quoque spectationes, atque in scena saltationes. Si quis autem præsentem Canonem contempserit , & se alicui eorum quæ sunt vetita, dederit , si sit quidem Clericus deponatur , si vero Laïcus segregetur , *Can.* 51.

Photius au IX. fiecle ramaffa dans fon Nomocanon les loix Ecclefiaftiques & Civiles qui condamnent les fpectacles du Theatre, & il montre en trois ou quatre endroits que l'Eglife ne les permet jamais les jours de Fefte; que les Fideles doivent toûjours fuïr ces fortes de divertiffemens en quelque tems que ce foit, & que les Ecclefiaftiques ne peuvent y affifter fans encourir les cenfures de l'Eglife. Il ajoûte même que les Clercs qui y ont affifté doivent être interdits de toute fonction durant quelque temps & renfermez dans un Monaftere jufqu'à ce qu'ils ayent donné des marques de penitence.

Cette difcipline s'eft exactement *In Can.* *14. & 51* confervée dans l'Orient, & Balfa- *Trull.* mon Patriarche d'Antioche écrivoit au XII. fiecle qu'à la verité quelques-uns prétendoient que les Laïques ne devoient pas fe faire un fcrupule d'affifter à la courfe des Chevaux, ou au combat des bêtes comme le 51. Canon auffi bien que le 24. femblent le défendre, mais que tous convenoient que l'Eglife défendoit aux Chrêtiens d'affifter aux jeux & aux danfes qui fe faifoient par les Comediens fur le Theatre.

In Can. 51.

La raifon que Zonare, Ecrivain du même fiecle donnoit de cette pratique eft que l'Eglife portant toûjours les Chrêtiens à l'exacte obfervation de l'Evangile, leur défend les plaifirs qui ne font pas neceffaires à la vie, & qui peuvent quelquefois porter au mal. C'eft pourquoy, dit-il, elle ne veut point qu'on s'amufe aux badineries de ces bateleurs, qui à force de folatrer fur le Theatre, excitent les fpectateurs à des ris immoderés, & qu'elle défend encore d'affifter aux balets ou à tous autres jeux qui fe font fur le Theatre, parce que, foit qu'on y faffe paroître des hommes ou des femmes, les uns & les autres portent quelquefois dans le cœur des fpectateurs, des fentimens contraires à la pureté.

Enfin

Enfin Aristhene autre sçavant Canoniste Grec du XII. siecle dit en peu de mots, sur le même Canon que l'Eglise condamne generalement les Danses, les Farces, les Momeries, ou les Comedies des Farçeurs, Bateleurs & Comediens.

L'Eglise d'Occident a toûjours observé la même discipline, & le Theatre n'a pas été plus cultivé dans ce second temps parmi nous, qu'il l'a été chez les Grecs.

Nous avons dêja remarqué aprés Salvien que les Goths & les Vandales avoient fait cesser presque par tout les spectacles du Theatre; & nous n'en trouvons ensuite aucune mention que sous Charlemagne; Encore ne paroît-il pas, qu'on ait fait en ce temps, ni Comedie ni Tragedie. Mais de quelque maniere que fussent les Jeux du Theatre, le Concile de Châlons en 813. les interdit aux Ecclesiastiques & il leur ordonna d'en inspirer de l'horreur aux Laïques.

Tout le monde en eut sans doute

H

pour ces bouffons qui ofoient prendre des habits de Religieux & qui
donnerent lieu à Louis le Debon-
naire d'ordonner qu'une telle pro-
phanation feroit punie par le ban-
niffement & par des peines corpo-
relles.

Si quis veftem facerdo-talem aut mo-nafticam vel mu-lieris re-ligiofæ, vel qua-licumque

Ecclefiaftico ftatui fimilem indutus fuerit , corporali pœ-
næ fubjaceat , & exilio tradatur. L. 5. Cap. 588.

Durant le x. & le xi. fiecle on
ne vit prefque en Occident, ni Poëfie , ni aucune piéce d'efprit. Les
ravages que les Normans firent en
France, les Sarrazins en Efpagne,
& les Hongrois en Italie éteigni-
rent les Sciences prefque par tout,
& l'on ne les vit refleurir, en France que fous Louis VII. au milieu
du xii. fiecle. Il y eut alors quelque Poëtes qui s'exerçoient à rimer
en Latin & en François. Abelard
fe diftingua dans ce genre de Poëfie,
& la Dame Heloïfe dit, qu'il étoit

Pleraque amatoria Metro vel Rith-mo com-pofita re-liquifti Carmi-na , quæ

præ nimia fuavitate tam dictaminis , quam cantus fæpius
frequentata , tuum in ore omnium nomen inceffanter tene-
bat atque hinc maximé in amorem tui fœminæ fufpira-
bant. Abelardi & Heloïfæ Ep. pag. 46.

extrêmement confideré des femmes
à cause qu'il fçavoit parfaitement al-
lier le chant avec les Vers amoureux qu'il compofoit.

En peu de temps on vit paroître
un fort grand nombre de méchans
Poëtes qui ne compofoient que des
petites pieces de galanterie. Les Seigneurs de la Cour fe piquoient d'a-
voir chez eux de ces Poëtes, &
comme on ne cherchoit qu'à folatrer, on vouloit avoir auffi des bouffons, des danfeurs, & des Chantres.

Ces folies devinrent fort communes, & Jean de Sarisbury qui fut
fait Evêque de Chartres en 1472. ne
manqua pas d'en montrer les perni-
cieufes fuites dans le beau traité qu'il
compofa *des vains amufemens de la
Cour.* C'eft là où nous voyons que
s'il y avoit quelque Theatre public
ce ne pouvoit être que pour des bâ-
teleurs qui faifoient des fauts peril-
leux & des poftures ridicules, qu'on
ne connoiffoit alors ni Comedies,
ni Tragedies, & que tous les divertiffemens Comiques fe reduifoient

H ij

Porro comicis & trop-cis abeú à des Jeux qui se faisoient dans des maisons particulieres.

tibus cum omnia levitas occupaverit, Clientes eorum, Comœdi & Tragœdi exterminati sunt. . . . . Nostra ætis prolapsa ad fabulas & quævis inania, non modo aures & cor prostituit vanitati, sed oculorum & aurium voluptate suam mulcet desidiam, luxuriam accendit, conquirens undique fomenta vitiorum. Nonne piger desidiam instruit & somnos provocat instrumentorum suavitate, aut vocum modulis, hilaritate Canentium, aut fabulantium gratia,.... cum & otiositas inimica sit animæ & de domicilio ejus omnia studia virtutis eliminet.... At eam nostris prorogant histriones. Exoccupatis enim mentibus surrepunt tædia, seseque non sustinerint, si non alicujus voluptatis solatio mulcerentur. Admissa sunt spectacula & infinita Tyrocinia vanitatis, quibus qui omnino otiari non possunt, perniciosius occupentur. Satius enim fuerat otiari, quam turpiter occupari. Hinc mimi, salij vel saliares, balatrones, æmiliani, gladiatores, Palæstritæ, gignadii, præstigiatores, malefici quoque multi & tota joculatorum scena procedit;quorum adeo error invaluit, ut à præclaris domibus non arceantur. *De nugis curialium L. 1. c 8.*

Ces commencemens tendoient neanmoins à produire en peu de temps des Comediens detoute espece. Mais Philippe Auguste y remedia. 'An 1181. Dupleix. ch. 1. „ Il signala sa pieté, *dit Mezeray* „ par l'expulsion des Comediens, Jon-„ gleurs & Farceurs qu'il chassa de „ sa Cour comme gens qui ne servant „ qu'à flatter & à nourrir les volup-„ tez & la faineantise, à remplir les

esprits oyseux de vaines Chimeres "
qui les gâtent & à causer dans les "
cœurs des mouvemens dereglez que "
la Sagesse & la Religion nous com- "
mandent si fort d'étouffer. Les "
Princes avoient accoûtumé de fai- "
re de beaux presens à ces gens-là "
& de leur donner leurs plus pré- "
cieux habits : mais luy étant per- "
suadé, comme le dit Rigord son Hi- "
storien, *que donner aux Histrions,* "
c'estoit sacrifier au diable, aima mieux "
suivre l'exemple du saint & Chari- "
table Henry premier, qui avoit fait "
vœu de faire vendre les siens, pour "
en employer l'argent à nourir & "
entretenir les pauvres. "

Voilà, Messieurs, comment ont
été regardez jusqu'au XII. siecle
tous ceux qui passoient pour Comediens. Voyons comment on en a
parlé depuis les Scholastiques jusqu'à present.

TROISIE'ME PARTIE.

Du Jugement qu'on a porté des Jeux de Theatre, ou des divertissemens, qui en approchoient, depuis les Scholastiques jusqu'à nos jours.

NOus voicy arrivez à des siecles où les deffenseurs de la Comedie se flattent d'avoir en leur faveur, les decisions des Theologiens Scholastiques qui en ont été l'ornement. Comme selon la methode de l'Ecole, les Theologiens ne se contentent pas de resoudre les cas par rapport aux circonstances qui les accompagnent ordinairement, mais que pour aller au devant des objections que pourroient opposer ceux qui ont l'esprit tourné à la chicane, ils examinent quelquefois les difficultez par rapport à plusieurs sup-

positions abstraites & metaphysiques, il est visible qu'ils doivent approuver en certaines suppositions,
ce qu'ils condamnent dans la pratique commune. Cette maxime qui
peut avoir son utilité est cause que
bien des gens s'y trompent ou veulent s'y tromper, ne se donnant pas
la peine de discerner les decisions
absoluës des Scholastiques, d'avec
celles qui ne roulent que sur des suppositions metaphysiques. Pour peu
neanmoins qu'on se rende attentif
on peut aisément faire ce discerne-
ment en toute rencontre & vous
allez voir au sujet de la Comedie
combien il est évident, que les decisions des Scholastiques ne s'é-
loignent point des regles anciennes.

Alexandre d'Alés sous qui S. Bonaventure étudioit environ l'an 1240.
& qui a merité le Titre de *Docteur*
irrefragable traite la question sans
entrer dans aucune supposition me-
taphysique. Il considere simplement
que d'ordinaire leurs Jeux portent

tent au mal, qu'ils ont toûjours paſ-
ſé pour infames, & ſur cela il les
condamne generalement, comme ils
ont été condamnez durant les dou-
ze premiers ſiecles.

S. Thomas enſuite parlant des
Jeux, examine ſi dans les mots
pour rire ou dans quelqu'autre di-
vertiſſement il peut s'y rencontrer
un excês qui aille au peché.

Et ce grand ſaint répond que tout
ce qu'on fait devant être reglé par
la raiſon, les mots pour rire & tous

S. 2. q.
168 a. 3.
Reſpon.
deo di-
cendum quod in omni 'eo quod 'eſt dirigibile ſecundum rationem ſuperfluum dicitur quod regulam rationis excedit. Dictum eſt autem, quod Ludicra ſive
Jocoſa verba vel facta ſunt dirigibilia ſecundum rationem
& ideo ſuperfluum in ludo dicitur quod excedit regulam
rationis. Quod quidem poteſt eſſe dupliciter. Uno modo ex
ipſa ſpecie actionum quæ aſſumuntur in ludum, quod quidem jocandi genus ſecundum Tullium dicitur eſſe illibera-
le, petulans, flagitioſum obſcœnum quando ſcilicet utitur
aliquis cauſa ludi turpibus verbis vel factis vel etiam his
quæ vergunt in proximi nocumentum quæ de ſe ſunt peccata
mortalia. Alio autem modo poteſt eſſe exceſſus in ludo
ſecundum defectum debitarum circumſtantiarum, puta cum
aliqui utuntur ludo, vel temporibus, vel locis indebitis,
aut etiam præter convenientiam negotii ſeu perſonæ. Et
hoc quidem quandoque poteſt eſſe peccatum mortale propter vehementiam affectus ad ludum, cujus delectationem
præponit aliquis dilectioni Dei, ita quod contra præcep-
tum Dei vel Eecleſiæ, talibus ludis non refugiat.

autres

autres jeux, peuvent tomber dans
cét excês; parce qu'ils peuvent n'être
pas conformes à la regle. Or cét
excês se rencontre en deux manieres : La premiere lorsque dans les
jeux on mêle des actions ou des paroles obscenes ou nuisibles à la ré-
putation du prochain, & alors le jeu
devient un peché mortel. La seconde lors que le Jeu étant de soy-mê-
me indifferent, il se trouve joint à
des circonstances qui le rendent mauvais : comme si on vouloit joüer à
des Jeux que l'Eglise auroit défendu, car pour lors encore il pourroit
y avoir peché mortel.

Jusques-là, il s'en faut beaucoup
que saint Thomas soit favorable aux
Comediens, ni à ceux qui vont à
la Comedie. Il condamne au contraire bien précisement le prétendu
Theologien, qui ne croit pas qu'une
chose puisse être mauvaise, parce
qu'elle est deffenduë; car saint Thomas distingue deux circonstances
qui rendent le Jeu Criminel, l'une
lors qu'il s'y mêle quelque chose de

I

mauvais, & l'autre lors qu'il eſt défendu par l'Egliſe. Donc ſans qu'il
fût neceſſaire d'entrer dans l'examen des Comedies d'apreſent, puiſque l'Egliſe de Paris les condamne,
juſqu'à declarer les Comediens excommuniez, il s'enſuit ſelon ſaint
Thomas qu'on ne peut aſſiſter à leurs
ſpectacles ſans offenſer Dieu; puiſque le Jeu devient mauvais, de cela ſeul qu'il eſt condamné par l'E-
gliſe.

Aprés cette déciſion ſi juſte & ſi
Theologique, ſaint Thomas va répondre à une objection qu'il ſe fait
en cette maniere. Si l'excés dans le
jeu, dit-il, eſt un peché, les *Hi-*
ſtrions dont toute la vie ſe rapporte-
te au jeu, ſeront donc toûjours en
état de peché. Et il faudra condamner de même ceux qui ſe ſervent de
leur miniſtere, ou qui leur donnent

Maximè hiſtrio-
nes in lu-
do vi-
dentur
ſupera-
bundare,
qui to-
tam ſuá
vitam
ordinaté
ad ludendum. Si ergo ſuperabundantia ludi eſſet peccatum, tunc omnes hiſtriones eſſent in ſtatu peccati;pec-
carent etiam omnes qui eorum miniſterio uterentur, vel
qui eis aliqua largirentur, tanquam peccati fautores, quod
videtur eſſe falſum. Legitur enim in vitis Patrum quod
Beato Paphnutio revelatum eſt, quod quidem joculator fu-
turus erat ſibi conſors in vitâ futurâ.

quelque fecours. Cependant, pourfuit-il , Saint Paphnuce eut revela-
tion qu'un joüeur de Flute , joüï-
roit avec luy dans le Ciel du même
degré de gloire.

Pour bien entrer dans la réponfe,
il faut remarquer que faint Thomas entend par *Hiſtrions* ceux qui
n'ont d'autre employ que de divertir quelquefois les hommes , ou par
des inſtrumens tels que celuy du
joüeur dont il vient de parler, qui
étoit un joüeur de Flute comme il
paroît par l'endroit cité de la vie des
Peres , ou par la recitation de quelques mots agreables. Cela fuppofé
S. Thomas répond que le divertif-
fement étant quelquefois neceſſaire,
il n'eſt pas défendu qu'il y ait des
hommes qui puiſſent quelquefois
nous divertir ou en joüant de quel-

Ad ter-
tium di-
cendum,
quod fi-
cut dic-
tum eſt,
ludus eſt
neceſſa-
rius ad converſationem humanæ vitæ. Ad omnia autem quæ
funt utilia converſationis humanæ deputari poſſunt aliqua
officia licita & ideo etiam officium hiſtrionum quod ordi-
natur ad folatium hominibus exhibendum , non eſt fecundum fe illicitum, nec funt in ſtatu peccati , dummodo mo-
deraté ludo utantur , id eſt, non utendo aliquibus illicitis
verbis vel factis à factis ad ludum , & non adhibendo ludum
negotiis vel temporibus indebitum.

I ij

que inſtrument, ou par quelques
contes agreables, & qu'ainſi ils ne
peuvent par là être en état de peché, pourvû qu'ils ne diſent & ne
faſſent rien d'illicite, que le Jeu ſoit
moderé, qu'il n'interrompe pas les
affaires & qu'il ne ſe rencontre pas
dans des temps défendus.

Rien n'eſt plus ſage que ces pré-
cautions & ces exceptions; & je ne
ſçay comment on s'aviſe de dire que
ſaint Thomas approuve abſolument
les Hiſtrions. Il eſt clair au contraire qu'il laiſſe le cas dans la ſuppoſi-
tion Metaphyſique, *dummodò*, *&c*.
qu'il n'examine point ce qu'ils font
ou ne font pas, qu'il ſe contente de dire que reciter quelque choſe d'agreable ou joüer de quelque inſtrument
pour réjoüir les hommes n'eſt pas
de ſoy une choſe mauvaiſe; & qu'il
n'approuve les Hiſtrions, qu'en cas
qu'ils gardent des conditions qu'ils
ne gardent point. Ce grand ſaint
ſçavoit ſi bien qu'ordinairement ils
ne les obſervent pas, que lors qu'il
parle des biens acquis par une voïe

honteuſe & criminelle, il met au
même rang ſans aucune exception
le guain des Comediens & celui des
femmes proſtituées. * Il étoit donc
perſuadé que ſi l'Art des Hiſtrions
n'eſt pas mauvais de ſoy-même, con-
ſideré d'une maniere Metaphyſique,
il eſt criminel ſelon la pratique ordinaire, & par conſequent les exceptions qu'il met dans ſa réponſe,
ne doivent ſervir qu'à nous faire
connoître en quoy conſiſte le dereglement de la plûpart des Jeux,
auſſi bien que le peché des Hiſtrions,
& de ceux qui vont à la Comedie. Il
dévelope encore mieux ces conditions dans le ſecond article de la
même queſtion, où il en diſtingue
trois, ſans leſquelles le Jeu eſt un
peché.

La premiere qu'il ne s'y rencontre rien d'indecent ou de nuiſible.
La ſeconde qu'il n'interrompe pas

* Quæd vero di-
cuncur malè ac-
quiſita, quia ac-
quiruntur ex
turpi cauſa, ſi-
cut de Mere-
tricio ET Hi-
ſtrio-
natu, & aliis e-
juſmodi quæ non
tenentur reſtitue-
re. Unde
de talibus te-
nentur
decimas
dare ſe-
cundum
modum

allatum perſonalium decimarum : tamen Eccleſia non debet
eas recipere quandiu ſunt in peccato, ne videatur eorum pec-
catis communicare; ſed poſt quam pœnituerint, poſſunt ab
eis de his recipi decimæ. 2. 2. q. 87. a. 2. ad 3.

I iij

l'Harmonie ou la suite des bonnes
œuvres: & la troisiéme qu'il convien-
ne au lieu, au temps & aux personnes.

Voilà sans doute des principes
tres-solides pour juger de la Comedie d'aujourd'huy, & en même tems
tres-propres à persuader, qu'elle est
condamnable; car puis qu'elle ne peut
être excusée de peché, si elle contient
quelque chose d'indecent ou de nuisible, si elle interrompt l'harmonie
ou la suite des bonnes œuvres, &
si on la joüe en des temps défendus,
il n'est pas difficile de montrer qu'elle est nettement condamnée par
saint Thomas.

Premierement est-il de Comedie
qui ne tende à exciter l'ambition,

Dicta vel facta in quibus non quæritur nisi delectatio animalis vocantur ludicra vel jocosa, & ideo necesse est talibus in-

terdum uti, quasi ad quamdam animæ quietem........
Circa quæ tamen videntur tria præcipuè esse cavenda, quorum primùm & principale est quod prædicta delectatio non
quæratur in aliquibus operationibus vel turpibus, vel noci-
vis.... Aliud autem attendendum est, ne totaliter gravi-
tas animæ resolvatur. Unde Ambrosius dicit in primo de
officio, caveamus, ne dum relaxare animum volumus, sol-
vamus omnem harmoniam, quasi concentum quemdam
bonorum operum...3. attendendum est, sicut & in omni-
bus humanis actibus, ut congruat personæ, tempori & loco,
art. 3.

l'amour du monde, & la concupiscence de la chair ? En est-il où
l'on ne trouve des mots à double
sens, & où l'on ne propose comme
un jeu & un divertissement, des
galanteries qui devroient faire gémir ? Et faut-il beaucoup mediter
pour y découvrir des paroles & des
manieres illicites & nuisibles ? Oüy,
Messieurs, la plûpart des Comedies sont illicites & nuisibles, parcequ'on y tourne perpetuellement en
ridicule les parens qui tâchent d'empêcher les engagemens amoureux &
temeraires de leurs enfans.

Elles sont illicites & nuisibles ;
parce qu'elles apprennent aux femmes à tromper leurs maris, comme
la Comedie de George Dandin :

Illicites & nuisibles, parce qu'elles
loüent le crime & le font commet-
tre par des divinitez, comme dans
celle de l'Amphitryon :

Illicites & nuisibles, parce que des
Auteurs Comiques qui n'ont point
d'idée juste de la veritable pieté, se
mêlent de discerner la fausse devo-

I iiij

tion d'avec la veritable, & que sous
pretexte de s'en prendre aux hypo-
crites, ils tournent en ridicule tous
les dehors de la pieté comme dans
le Tartuffe :

Illicites & nuisibles, parce que
souvent on fait dire des impietez
d'une maniere vive, éloquente, &
tres propre à persuader, au lieu
qu'on ne fait combattre ces sentimens que par quelque Auteur ridicule, ou par un valet comme dans
le Festin de Pierre.

Si en parcourant ces pieces fort
vîte, j'y ay aperçû tant de maximes pernicieuses, tant de paroles
illicites & nuisibles, que n'y doivent
pas découvrir ceux qui les lisent
attentivement, qui les goûtent, qui
les aiment, qui ont des dispositions
propres à entendre à demy-mot, &
à aller peut-être bien au delà du
sens ou de l'intention du Poëte comique ?

Rappellez, je vous prie, Messieurs, ce que nous dirent dans le
discours precedent M. Despreaux,

& l'Auteur de la Republique des Lettres : ce que nous aprirent l'exemple de M. Corneille & de M. Racine, & vous ne douterez plus qu'on ne regarde communement les Comedies, comme des pieces pleines de maximes & de paroles illicites & nuisibles, puisque les plus fameux Auteurs mieux instruits de leurs devoirs, gémissent de les avoir faites, & les mettent au nombre des pechez de leur jeunesse.

Donc par la premiere condition que saint Thoma sexige, la Comedie d'aujourd'huy est condamnée. Nous pouvons même dire qu'il ne paroîtra peut-être jamais de Comedie agreable, où il n'y ait des maximes illicites & nuisibles, parce que la corruption du cœur humain ne fait trouver du plaisir à la Comedie, qu'autant qu'elle flatte ses passions & plaît à sa concupiscence. D'où vient que Ciceron disoit ; *O que* O præ c'aram emenda-tricem vitæ poëticam , quæ amorem flagitii & levitatis autorem in concilio deorum collocandum putat ; de Comœdia loquor quæ si hæc flagitia non probaremus, nulla esset omnino *Tuscul*. 4.

l'*Art Poëtique* est une admirable refor-
matrice des mœurs, qui met dans l'af-
semblée des Dieux, l'amour, qui est
l'auteur du vice & de la legereté. *Je*
parle, poursuit-il, de la Comedie, qui
cesseroit bien-tôt, si elle n'étoit rem-
plie des vices que les hommes aiment.

La seconde condition n'est pas
moins decisive: *Quoi que vous fassiez,*
dit saint Paul, *faites tout au nom du*
Seigneur Jesus-Christ, rendant gra-
ces par luy à Dieu le Pere. Soit que
nous mangions, soit que nous beu-
vions, ou que nous nous réjouïs-
sions, c'est dans le Seigneur qu'il
faut le faire, & tout exercice qui
ne peut-être fait par Jesus-Christ,
& pour Jesus-Christ, est indigne
d'un Chrétien; il tire l'ame de son
centre & il interrompt le cours, la
suite & l'Harmonie des bonnes œuvres. Car cette Harmonie dont parle S. Thomas aprés saint Ambroise
consiste dans une liaison de toutes
les actions avec l'esprit de Jesus-
Christ, en sorte qu'elles soient tou-

Colos. 3.
17.

Cor. 10.
11.

res faites par le même principe, pour
la même fin, & toûjours avec
actions de graces. Or ne seroit-ce
pas se moquer de Dieu & des hommes que de dire que l'on va à la
Comedie pour l'amour de Jesus-
Christ. Oserions-nous luy offrir cette action, & luy dire, Seigneur,
c'est pour vous obéïr que je veux
aller à la Comedie; ce sera vôtre
esprit qui m'y conduira; ce sera
vous qui serez le principe de cette
action.

La troisiéme condition, est qu'on
ne joüe pas en certains temps mar-
quez : & c'est icy où les Comediens
seront encore confondus.

Par les loix des Empereurs Chrêtiens, par les Conciles, par les
Peres, & les Scholastiques, les
jeux des Comediens sont interdits
aux jours de Festes & de Penitence.
Les Dimanches & les jours de Feste sont clairement exceptez par le
premier Concile de Mâcon, par le
Concile de Bourges en 1583. & par
celui de Rheims en la même année.

au Canon 29. Saint Charles dans
le Traité qu'il fit compofer contre les danfes & la Comedie, s'eft
principalement attaché à démon-
trer cette propofition & après bien
des preuves de toute efpece, *Il*

Cap. 14 *pareît clairement de toutes ces preu-*
ves, dit ce faint Cardinal, que les
fpectacles, les jeux & les darf.s font
illicites au moins en ces faints jours,
& que l'opinion de ceux qui reftrai-
gnent la prohibition de ces chofes au
tems des divins Offices, doit eftre re-
jettée comme une invention de l'efprit
humain & particulier.... Pour re-
prendre donc tout ce que nous avons
dit dans ces deux derniers chapitres,
il eft conftant que le bal & les dan-
fes font incompatibles avec la fanctifi-
cation des Feftes, & que toute forte
de jeux & de fpectacles font défendus
en ces mêmes jours par les loix Ec-
clefiaftiques & Civiles, d'où il s'en-
fuit fur le principe commun & reçeu
de tout le monde, que celuylà peche
mortellement ; qui en ces faints jours
employe injuftement le temps en cette

forte d'exercices, fi ce n'eft que l'igno-
rance, & le fentiment relâché de ceux
qui lui donnent confeil, & qui le con-
duifent, puiffe diminuer fa faute : ce
que Dieu n'a jamais promis.

S. Bonaventure * exclut formellement les jours de Jeûne & de Penitence. Saint Antonin marque fpecialement le Carême ; Et quels font les Scholaftiques qui n'exceptent pas ces fortes de jours. ? Or les Comediens d'aujourd'huy joüent les jours de Feftes & de Penitence ; & l'on n'a jamais pû obtenir d'eux qu'ils ceffaffent au moins les Dimanches, par ce que le Parterre, difent-ils, n'eft rempli que ce jour-là. Donc les Comediens d'aujourd'huy font abfolument condamnez par les principes de faint Thomas, confirmez par les Conciles, les Peres, & les Scholaftiques.

* Lib. 4.
Dift. 16.
dub. 1;.

Hiftrionatus
ars, quia
defervit
humanæ
recreationi quæ
neceffaria eft
vitæ hominis fecundum
D. Thomam 2.
2. q. 168.
a. 3. de fe
non eft
illicita;
unde &
de illa
arte vi

vere non eft prohibitum ; ita tamen quod fiat obfervatis
debitis circumftantiis locorum temporum & perfonarum,...;
nec in Ecclefia, nec tempore pœnitentiæ & quadragefimæ...
fed cum hiftriones utuntur indifferenter tali exercitatione ad
repræfentandum etiam turpia, illicita eft ars, & eam oportet dimittere, & peccatum eft talia afpicere & talibus pro
illo opere aliquid dare. S. Anton. 3. p. Sum. tit. 8.
§. 12.

Avant que de quitter les Scholaftiques, dont les fentimens font affez developez dans celui de faint
Thomas, nous devons faire deux
ou trois remarques. La premiere que
ce qu'ont dit les Scholaftiques, qui
paroît favorable aux Comédiens eft
toûjours joint à des conditions qui
ne s'obfervent point ; & qu'au contraire lors qu'ils parlent de la maniere
dont il fe faut comporter avec eux
dans la pratique, ils veulent qu'on
les traite comme les ont toûjours
traitté les Conciles dans tous les fiecles, & les Rituels les plus exacts.
On l'a dêja vû dans faint Thomas,
qui declare que l'Eglife ne doit point
recevoir de l'argent des Comediens
pour les decimes perfonnelles, de
peur de communiquer avec des perfonnes fcandaleufes dont le guain
doit être mis au même rang que celui
des femmes proftituées. Et Gabriel
Biel * qui floriffoit vers la fin du
XV. fiecle, veut qu'on refufe l'Eu-
chariftie aux Hiftrions, comme il eft
prefcrit dans les anciens Canons,

* In 4.
dift. 9. q.
1. dub.3.
Dubita-
tur tertiò
circa idé

citez par Gratien, *De conſecr. diſt.* utrum
2. *Cap. pro dilectione & de Scenicis.* peccent dantes ſacra-
mentum hiſtrionibus, magis, ſortilegis, duellatoribus, tor-
neatoribus, aleatoribus & generaliter artes prohibitas exer-
centibus, & infamibus perſonis. Reſpondetur ſecund. Mag.
Richard. diſtinct. præſenti, a. 3. q 2. poſt. Alex. quod ſolutio hu-
jus quæſtionis ex præcedentibus pendet: ut nulli infami, no-
torio & manifeſto in mortali peccato ſordenti danda eſt
Euchariſtia, unde de talibus dicitur de conſecr. diſt. 2. *pro
dilectione* : puto nec majeſtati divinæ nec Evangelicæ diſ-
ciplinæ congruere, ut pudor & honor Eccleſiæ tam turpi &
infami contagione ſordetur.

La ſeconde remarque eſt que quand
même les Comediens ne pécheroient
pas toûjours contre les conditions
preſcrites & qu'ils repreſenteroient
quelquefois des pieces honnêtes, il
ſuffit qu'ils en repreſentent quelquefois d'indecentes, pour être jugez
toûjours criminels par les Scho-
laſtiques & pour condamner ceux
qui aſſiſteroient à leurs jeux ; ſaint
Antonin le dit expreſſement.

La troiſiéme remarque, eſt qu'au
temps de ſaint Thomas les Auteurs
Comiques ne montoient point ſur
des Theatres publics ; & qu'ils joi-
gnoient ſimplement quelques voix
ou quelques inſtrumens de Muſique

à la recitation de leurs Vers dans des
maisons particulieres, ce qui est
bien different d'avoir un Theatre
fixe pour y monter tous les jours,
& y faire paroître des femmes avec
les ajustemens les plus recherchez,
comme font les Comediens d'aujourd'huy. Mais pour avoir une idée
de la difference des pieces Comiques d'alors, d'avec celles d'apresent, faisons-en succinctement l'Histoire jusqu'à nos jours.

Au xɪɪɪ siecle il y eut en France
beaucoup de Poëtes & les Provençaux furent ceux qu'on estima davantage. On faisoit beaucoup de cas
de la Langue Provençale qu'on appelloit la Langue Romaine, à cause
qu'elle en retenoit de precieux re-
stes, & que la Provence étoit toûjours regardée comme la Province
des Romains. Depuis le x. siecle on
se piquoit presque dans toutes les
Cours de l'Europe de parler Provençal, & les pieces d'esprit ne
paroissoient ordinairement qu'en cette langue, ce qui fit qu'on appella
ces

M. de la
Faille.

M. Ca-
seneure
Obser de
Goudel.

ces pieces des Romans, ou Romancez, à caufe qu'elles étoient écrites en langage Romain ou Romance, c'eft-à-dire Provençal. M. Huet orig. des Rom. Le defir de l'entendre parler purement porta plufieurs Princes à appeller des Poëtes Provençaux dans leur Cour. Il en fortit en effet un affez grand nombre de Provence, & la plûpart étoient des perfonnes diftinguées par leur naiffance & par leur genie. Le Poëte Foulquet qui écrivoit à Marfeille au commencement du XIII. fiecle & à qui on a attribué la gloire d'avoir le premier donné & obfervé les regles de bien rimer, s'étant retiré dans un Monaftere, fut fait Evêque de Marfeille, puis de Toulouze & plufieurs autres s'avançoient beaucoup auprês des Princes.

Au temps de faint Thomas il y en avoit prefque dans toutes les Cours, & chez les plus Grands Seigneurs. Saint Loüis étoit peut-être

K

le feul Prince qui regardoit tous ces plaifirs, comme de vains amufe-mens. Ses delices étoient le chant des Pfeaumes, & la lecture des bonnes Ecritures, ainfi que parle Joinville.

Mais Alphonfe Comte de Toulouze, frere de faint Louis, avoit plufieurs de ces Poëtes, & par tout on les recherchoit avec empreffement, & on leur faifoit des prefens magnifiques. Ceux qui n'étoient pas fixes dans quelques Cours, compofoient de petites bandes de trois ou quatre amis, Poëtes, Chantres, & joüeurs d'inftrumens, & alloient ainfi de Ville en Ville, ou plûtôt de Château en Château, reciter leurs Ouvrages, & c'étoient-là ceux qu'on appelloit communement les Auteurs de la Science guaye, les Troubadours, ou les Trouveres, c'eft-à-dire, Inventeurs.

Cela de foy-même n'étoit pas condamnable; il falloit feulement exiger d'eux que leurs pieces fuffent dans les regles de la bien-feance &

de la charité. D'où vient que saint Thomas qui compte parmi les Histrions, ceux qui font comme une espece de métier, de réciter quelques pieces agreables, mer pour condition qu'on n'usera point de paroles indecentes ou nuisibles. C'étoit le défaut de plusieurs qui composoient des Vers amoureux, & des Satyres piquantes, qu'ils appelloient des Syrventez, où les Princes n'étoient pas épargnez.

On trouve jusqu'au milieu du XIV. siecle, environ cent Poëtes Provençaux des plus distinguez, dont les vies ont été écrites par le sçavant Oibo Moine de Lerins, par Hugues de saint Cesaire Moine de Mont-majour, par Rostang de Brignolle Moine de saint Victor de Marseille, & par Jean, & Cesar Nostradamus.

Ce dernier Historien en l'année 1344. *compte 90. Poëtes, dont le Roi Robert a fit recueillir les Ouvrages. Le Cardinal de Richelieu a fait aussi rechercher en Provence plusieurs pieces de cette nature, & ce

*Hist. de Prov. P. 380. a XIII. Comte de Prov. & Roi de Sic.

K ij

sont peut-être celles, qu'on conservé
dans la Bibliotheque Royale. T
Vers le milieu du xv. siecle les
Poëtes Provençaux se négligerent,
& leur Langue ne fût plus cultivée,
comme elle l'avoit été durant quelques siecles. Mais les Italiens que le
sejour des Papes à Avignon avoit
attiré en Provence y étoient deve-
nus Poëtes. On en voyoit déja parmi eux un grand nombre tant bons
que méchans ; & comme en Italie
on a toûjours eû beaucoup de dis-
position à être *Saltinbanque*, il y eut
bien-tôt plusieurs Poëtes qui prirent
le parti de monter sur des Theatres.
Les moins polis se distinguerent par
le choix de quelques sujets de pieté,
& tels furent ces Pelerins que Monsieur Despreaux a dépeint dans le
troisiéme chant de l'Art Poëtique.

Chez nos devots ayeux le Theatre
abhorré

Fut long-tems dans la France un
plaisir ignoré,

De Pelerins, dit-on, une troupe
grossiere

En public à Paris y monta la pre-
miere,
Et sotement zelle en sa simplicité,
Joüa les Saints, la Vierge, & Dieu
par pieté.

Selon les Memoires de M. le Mai-Paris
re, il paroît que ces devots Come-Anc. &
diens vinrent à Paris au commen-nouveau,
t. 2. P.
cement du xiv. siecle, & que le103.
Cardinal le Moine, Fondateur du
College qui porte son nom, acheta
l'Hôtel de Bourgogne & le leur donna, à condition qu'ils ne represen-
teroient jamais que des pieces pieuses. Je ne sçay s'ils garderent la condition. Peut-être la garderent-ils de
telle sorte, que le monde qui ne va
point par dévotion à la Comedie,
se dégoûtant bien-tôt de ces jeux
devots, deserta le Theatre, &
obligea les Auteurs de le fermer.
On a lieu du moins d'assurer que ces
Jeux n'ont pas toûjours continué
comme plusieurs semblent le croire.

Car dans un Arrest du Parlement
de Paris donné sous François I. en

1541. Il est parlé de ces prétenduës pieces de devotion comme d'un usage qui ne s'y étoit introduit que depuis deux ou trois ans, & que le Parlement ne pouvoit tolerer. Il l'interdit en effet sous de griéves peines par le même Arrest, dont quelques-uns des motifs, sont 1º que pour réjoüir le peuple, *on mêle ordinairement à ces sortes de Jeux, des Farces ou Comedies derisoires qui sont choses défenduës par les Saints Canons. 2º Que les Auteurs de ces pieces joüant pour le guain, ils devoient passer pour Histrions, Joculateurs, ou Bateleurs. 3º Que les Assemblées de ces Jeux donnoient lieu à des parties ou d'assignations d'adultere & de fornication, 4º Que cela fait dépenser de l'argent mal-à-propos aux Bourgeois & aux Artisans de la Ville.*

Ces motifs montrent assez qu'il n'y avoit pas alors d'autres Jeux de Theatre à Paris : Mais 9. ou 10. ans aprés sous Henry II. Les Poëtes François s'appliquerent à faire des Tragedies & des Comedies, & Jo-

delle fut le premier qui en fit reprefenter comme nous l'apprend Ronfard dans les Vers que Pafquier a
cité au 7. Livre de fes Recherches,
chap. 7.

Après amour la France abandonna,
Et lors Jodelle heureufement fonna,
D'une voix humble & d'une voix
   hardie,
La Comedie avec la Tragedie,
Et d'un ton double ore bas, ore haut:
Remplit premier le François Echar-
   faut.

Garnier & quelques autres Poëtes qui parurent au même temps que
Jodelle, ne donnerent prefque que
des Tragedies, la plûpart tirées de
Sophocle & d'Euripide, & c'eft
ce qu'à dit auffi le même Ronfard
en des Vers un peu meilleurs que
les precedens.

Le vieil Cothurne d'Euripide,
Eft en procés avec Garnier,
Et Jodelle qui le premier
Se vante d'en eftre le guide,

Il faut que ce procés on vuide,
Et qu'on adjuge le Laurier,
A qui mieux d'un docte Gosier
A bû de l'onde Aganippide.
S'il faut épelucher de prés
Le vieil artifice des Grecs,
Les vertus d'un œuvre, & les vi-
ces
Le sujet & le parler haut,
Et les mots bien choisis ; Il faut
Que Garnier paye les Epices.

L'Arrest du Poëte fut trouvé juste: Mais sous Henry III. La Cour
devint trop galante pour aimer les
Vers Tragiques, ni de Garnier, ni
An. 1577 de quelqu'autre Poëte que ce fût.
» Le Luxe, dit Mezeray, qui cher-
» choit par tout des divertissemens,
» appella du fond de l'Italie, une bande
» de Comediens, dont les pieces tou-
» tes d'Intrigues, d'amourettes & d'in-
» ventions agreables, pour exciter &
» chatoüiller les plus douces passions,
» étoient de pernicieuses leçons d'im-
» pudicité. Ils obtinrent des Lettres
» patentes pour leur établissement,
comme

comme si ç'eut été quelque celebre «
Compagnie. Le Parlement les rebut «
ta comme personnes que les bonnes «
mœurs, les saints Canons, les Pe- «
res de l'Eglise, & nos Rois même «
avoient toûjours reputez Infames, «
& leur défendit de joüer, ni de plus «
obtenir de semblables Lettres ; & «
neanmoins dès que la Cour fut de «
retour de Poitiers, le Roy vou- «
lut qu'ils r'ouvrissent leur Thea- «
tre. «

Cela n'empêcha pas que l'Eglise
ne condamnât tous ces Comediens,
& qu'en 1583. plusieurs Conciles
que nous avons déja citez ne ful-
minassent contre tous les spectacles.

Saint Charles de son côté tra-
vailla de tout son pouvoir à les faire cesser dans son Diocese. Dès le
premier Concile Provincial, il fit
ordonner que les Ecclesiastiques n'assisteroient jamais aux Jeux de Thea-
tre ; a qu'on ne les souffriroit point a *Part.*
les jours de Festes b ; & qu'on ex- *2. tit. 25.*
horteroit les Princes & les Magi- *b P. 1.*
tit. 12.

L

ſtrats à chaſſer de leurs Etats toutes ſortes de Bateleurs & de Come-diens c.

e De his etiam principes & Magiſtratus commonendos eſſe duximus, ut hi. ſtriones & mimos, exterofque circulatores & ejus generis perditos homines è ſuis finibus ejiciant. 2. part. tit. 66.

Comme les Gouverneurs de Milan furent fort oppoſez à ſaint Charles, ces exhortations n'eurent pas beau-coup de ſuccez. C'eſt pourquoy il fit ordonner aux Predicateurs dans le 3. Concile Provincial de détour-ner les peuples de tous les ſpecta-cles par ces fortes remonſtrances que nous avons rapportées au pre-mier diſcours. Il falut ſe contenter de ces exhortations, juſqu'à l'an 1580. qu'il obtint d'un nouveau Gouverneur qu'on ne ſouffriroit au-cune piece qui n'eût été examinée & trouvée conforme à la morale Chrêtienne, & qu'on n'en repre-

Ut hi-ſtriones nihil obſcœ-num, aut de Chriſtianis alioqui moribus alienum dicerent facerentve: diebus item feſtis, ac ſextâ quâque feriâ omninò abſtinerent: poſtremò ſcriptas fabulas ad ſimilitudinem li-brorum qui edantur, à ſe prius probandas ſtatuit quam da-rentur; ut ij potius abire, quàm ea ſuſtinere vellent. Surius 4. Nov. lib. 3. pag. 180.

senteroit jamais ni le Vendredi, ni les jours de Fêtes. Enfin, dit Surius, il imposa de telles loix aux Comediens qu'ils aimoient encore mieux s'en aller que de les observer.

Les Evêques de France montrerent aussi beaucoup de zele contre les Comediens ; & les Protestans même firent dans leur Discipline, un article exprès pour condamner tous les spectacles. *Les Momeries & Bateleries ne seront point souffertes, ny faire le Roy bois, ny le Mardy-gras : semblablement les joüeurs de passe-passe, tours de Soupleße & Marionnnettes. Et les Magistrats Chrêtiens exhortez ne les souffrir, d'autant que cela entretient la curiosité, & aporte de la dépense & perte de temps. Ne sera aussi loisible aux fidelles d'aßister aux Comedies, Tragedies, Farces, Moralitez & autres Jeux joüez en public, ou en particulier : vû que de tout temps cela a été défendu entre les Chrêtiens, comme aportant corruption des bonnes mœurs.*

Discipl. des Protest. de France. ch. 14. art. 28

L ij

Le Parlement de Paris donna
auſſi divers Arreſts pour interdire
tous jeux de Theatre publics; &
comme ſous Henry III. il étoit venu en France des Comediens de pluſieurs endroits, le Parlement donna un Arreſt le 10. Decembre 1588.
par lequel la Cour *fit inhibitions, &*
défenſes à tous Comediens tant Ita-
liens que François de joüer Comedies,
ſoit aux jours de Fêtes ou ouvrables, &
autres ſemblables, joüer & faire tours
& ſubtilitez à peine d'amande ar-
bitraire & punition corporelle, s'il y
échet, quelques permiſſions qu'ils
ayent impetrées ou obtenuës.

Il paroît que le Parlement a toûjours gardé la même ſeverité à l'é-
gard des Comediens, juſqu'à ce que le
Cardinal de Richelieu paſſionné pour
la Poëſie, eût fait eſperer qu'on ver-
roit des Comedies, ou il n'y auroit
rien qui ne fût dans la bien-ſean-
ce. Par ſon ordre, Deſmarets, Corneille, & Colletet compoſerent quelques pieces aſſez honnêtes, & en
1641. Il fit enregiſtrer au Parlement

une declaration du Roy par laquelle aprés avoir renouvellé les peines
ordinaires contre les Comediens,
qui useront d'aucunes paroles lascives,
ou à double entente, qui puissent blesser
l'honnesteté publique, il est dit, *qu'au*
cas qu'ils observent ces conditions, ils ne
seront pas à l'avenir notez d'infamie.

On vit bien-tôt que c'étoit exiger des Comediens ce qu'ils ne feront jamais, de peur de deserter leur
Theatre. Aussi cette declaration du
Roy ne leur a pû servir de rien. Le
Parlement donna un Arrest contre
eux en 1652. & l'Eglise de Paris en
1654. declara *qu'ils étoient manife-* Ritual:
stement infames, & qu'ils ne peu- Parif.
voient être admis à la Communion. pag. 108.

Ce n'est pas seulement l'Eglise qui
les a de nouveau declarez infames,
ils sont encore declarez tels par les
Ordonnances Royaux. C'est pour-
quoi un zelé défenseur de la Comedie d'Aubi:
reconnoissant que deux principales gnac.
causes deshonorent le Theatre. 1º *La* Pratiq:
creance commune, que d'y assister, c'est du Thea-
pecher contre les regles du Christianis- tre. pag.
L iij 499.

: ignore.

me? 2° l'Infamie dont les loix ont noté
ceux qui font la profession de Comediens publics ; Il voudroit que *Sa
Majesté* levât la note d'infamie decernée contr'eux par les Ordonnances
& Arrests, avec defenses neanmoins
de rien dire ni faire sur le *Theatre* contre les bonnes mœurs.

C'est declarer bien ouvertement
que jusqu'en 1657. qui est la datte de
son *Livre*, les Comediens étoient infames. Et comment lever cette note
d'Infamie, puisqu'il avoüe lui-même
dans *la Dissertation sur la condamnation des Theâtres* en 1666. que la Comedie est retombée dans la vieille corruption, & que l'on y mêle bien des
choses contraires au sentiment de la
pieté & aux bonnes mœurs.

Moliere montoit alors sur le Theatre, & on sçait bien qu'il n'a pas
travaillé à le purifier. Ses défen-
seurs diront tant qu'il leur plaira,
qu'ils trouvent des regles d'une Morale exacte dans ses Ouvrages. Je
doute fort que ce soit-là ce qu'ils y
cherchent. Ce qui est constant c'est

que sa mort est une Morale terrible
pour tous ses Confreres, & pour
tous ceux qui ne cherchent qu'à rire. *Un peu de terre obtenu par priè-*
re, c'est tout ce qu'il eut de l'Eglise; encore falut-il bien protester
qu'il avoit donné des marques de
repentir. Cela joint à l'exactitude
de Mrs les Curez de Paris, qui ne
donnent les Sacremens aux Comediens malades qu'après une declaration publique, qu'ils ne monteront
plus sur le Theatre. Tout cela dis-je,
nous fait voir de qu'elle maniere on
regarde en France les Comediens.
On tolere les Comedies pour éviter
pis, mais on note d'Infamie ceux
qui montent sur le Theatre, & on
ne cesse de prêcher & d'écrire pour
détourner les Fideles de ces sortes
de divertissemens.

Parmi les Auteurs de ce siecle qui
ont travaillé à desabuser le monde
sur ce point, saint François de Sales a pris un tour singulier, qui a
été utile à une infinité de personnes, & dont quelques uns ont abu-

sé, comme on abuse des meilleures choses. Ce saint Prelat sçavoit que les gens du monde ne voyent le danger, où les exposent les jeux, les danses, & les Comedies, que lors que la pieté leur a ouvert les yeux. Ils ne font en effet ni plus éclairez, ni plus

Vie de Sainte Therese. c. 2.

portez au bien que l'étoit sainte Therese, lors qu'à l'exemple de sa mere elle s'amusa à lire des Romans. Les airs du monde commençoient à luy plaire, & les dispositions les plus Chrêtiennes qui étoient pour ainsi dire nées avec elle, s'altéroient considerablement, mais d'une maniere si cachée, & d'autant plus dangereuse qu'elle ne s'en appercevoit point. Revenuë de ce refroidissement, elle reconnut la source du mal, & s'en accusa devant Dieu comme d'une tres-grande faute. Si une ame si pure, si sainte, si élevée a été quelque temps sans connoître le mal que faisoit en elle la lecture des Romans, doit-on attendre que les gens du monde appercevront aisément le

mal que produifent dans eux les
Comedies ? Il faut donc prendre des
biais pour fe faire écouter. Les Comedies paffent parmy eux fimplement pour desHiftoires reprefentées
fur un Theatre ; il faut leur avoüer
qu'en ce fens elles font tout-à-fait
indifferentes , rien n'eft plus vray ;
& cela fert beaucoup pour avoir au-
dience chez eux. Quand ils feront
attentifs, on pourra leur faire avoüer
qu'il s'y mêle ordinairement des
circonftances mauvaifes ; que ces
jeux font au moins de vains amufe-
mens , qu'un Chrêtien ne peut les
aimer , & que l'affection en eft criminelle. Ne feroitce pas avoir bien a-
vancé que d'en être venu là? Car comme on ne recherche ces plaifirs que
parce qu'on les aime , ne cefferoit-
on pas de les rechercher , fi on cef-
foit de les aimer ?

Or c'eft ce qu'a obfervé faint
François de Sales dans la premiere
& la troifiéme partie de l'Introdu-
ction à la vie devote. *Les Jeux*, dit-
il , *les Bals , les Feftins , les Pompes*,

les Comedies en leur substance ne sont
nullement choses mauvaises, ains indifferentes, pouvant être bien ou mal
exercées, toûjours neanmoins ces choses là sont dangereuses, & de s'y affectionner cela est encore plus dangereux.

Les petits Enfans s'affectionnent,
& s'échauffent après les Papillons,
nul ne le trouve mauvais parce qu'ils
sont enfans. Mais n'est-ce pas une
chose ridicule, ains plûtôt lamentable,
de voir des hommes faits s'empresser &
s'affectionner après des bagatelles si in-
dignes, comme sont les choses que j'ay
nommées, lesquelles outre leur inutilité
nous mettent en peril de nous dere-
gler, & desordonner à leur poursuite?

O Philothée, réprend-il à la
troisiéme partie, ces impertinentes
recreations sont ordinairement dangereuses; elles dissipent l'esprit de devotion, alianguissent les forces, re-
froidissent la Charité, & reveillent
en l'ame mille sortes de mauvaises
affections.

Un Chrêtien ne peut donc aimer

ces recreations, que le saint Prelat
appelle impertinentes, & qui est-ce
qui voudra les rechercher sans les
aimer ? Il pourra pourtant arriver
qu'une fille pour obeïr à sa mere,
& une femme pour complaire à son
mary, sera contrainte d'aller au bal
ou à la Comedie ; & voicy pour lors
ce que le saint Prelat leur prescrit :
Je dis des danses, ce que les Medecins
disent des Poirons & des Champi-
gnons, les meilleurs n'en vallent rien.
. . Si neanmoins par quelque occasion,
de laquelle vous ne puissiez vous bien
excuser, il faut aller au bal, prenez
garde que vôtre danse soit bien apprê-
tée, c'est-à-dire, qu'elle soit accom-
pagnée de modestie, de dignité, & de
bonne intention . . . Mais sur tout en
sortant de ces lieux pour empêcher
les mauvais effets du vain plaisir
qu'on auroit pû prendre, il faut considerer *qu'en même temps que vous*
êtiez au bal, plusieurs ames brû-
loient au feu d'enfer pour les pechez
commis à la danse, que nôtre Sei-
gneur, nôtre-Dame, les Anges, &

les Saints vous ont vû au bal. H.
que vous leur avez fait grand pitié,
voyant vôtre cœur amusé à une si
grande niaiserie, & attentif à cette
fadaise, &c.

Seroit-il possible qu'on ne vit pas
que selon S. François de Sales, c'est un
mal d'aimer les Bals & la Comedie,
qu'il faut les éviter autant qu'il est
possible, & que s'il arrivoit qu'on ne
pût se dispenser de s'y trouver, re-
gardant ces lieux comme des endroits contagieux, il faudroit se pre-
cautionner par des contrepoisons
avant que d'y entrer, & après en
être sorti.

Plût-à-Dieu que tout le monde
entrât dans les maximes de ce saint
Evêque; nous verrions bien-tôt cesser les Bals & la Comedie.

Concluons-donc, Messieurs, que
saint François de Sales aussi bien
que saint Thomas sont bien éloi-
gnez de les authoriser. Tant qu'on
ne considerera les Comedies *qu'en leur*
substance, personne ne peut douter qu'elles ne soient indifferentes,

Certainement ni le Theatre, ni des hommes, ni des femmes, ni des vers recitez, ou declamez ne font point des choses mauvaises par elles-mêmes. Mais toutes ces choses jointes aux circonstances qui accompagnent les representations des Comediens forment des spectacles défendus par l'Ecriture, par les Peres, les Conciles, & les Scholastiques, comme nous venons de le voir, & s'il étoit necessaire d'y joindre les derniers Casuistes qui ne passent pas pour les plus severes, on seroit peut être surpris de voir qu'Escobar porte l'horreur qu'il a des Comedies jusqu'à ne point approuver qu'on en souffre dans un Etat.

Du moins ne dira-t'on pas que ces derniers Auteurs non plus que le Rituel de Paris, imprimé en 1654. ne condamnent la Comedie qu'à cause de l'Idolatrie ou des nuditez scandaleuses qui paroissent sur le Theatre. Mais l'Histoire des divertissemens Comiques que nous avons joint à la Tradition ne doit plus permettre de recourir à ces faux fuyans, ni de douter que les mêmes raisons qui ont interdit autrefois aux Chrétiens la frequentation des spectacles, ne subsistent encore aujourd'hui. Qu'on y fasse une serieuse reflexion, & on ne pourra manquer d'être convaincu sur ce point, & par tant de solides raisons que les Auteurs Ecclesiastiques nous ont fournies dans ce discours, & par cent autres qui se presenteront d'elles-mêmes à ceux qui seront attentifs.

Car qui est-ce qui ne verra pas, que les pieces de Theatre contiennent des maximes d'amour, & d'ambition condamnées par l'Evangile: Que la Comedie n'est pas compatible avec la priere continuelle & l'action de grace inseparable des actions Chrêtiennes : Qu'elle interrompt la suite des bonnes œuvres : Qu'on n'est pas plûtôt touché des veritez de la Religion, qu'on a horreur d'avoir frequenté le Theatre ; car qui est-ce qui a plus aimé Moliere que M. le Prince de Conti, & qui

est-ce qui a montré plus de zele con- Preface
tre la Comedie que ce grand Prin- des œuv.
ce, aprés qu'il se fût mis dans les de Mo-
exercices de pieté ? Que les gens du liere.
monde ne peuvent s'empêcher de
loüer ceux qui ne vont pas à la Comedie : Qu'ils seroient scandalisez
d'y voir des personnes qui font profession de vertu; & qu'on regarde
communement la Comedie comme
un lieu, où la Religion n'a que faire, & où l'on se moqueroit d'un
homme, qui trouveroit à redire aux
libertez que les jeunes gens s'y donnent :

Que la Religion Chrétienne n'approuve point que des femmes osent
monter sur le Theatre : Que l'Ecriture sainte défend à tous les fideles
d'aller voir ces femmes ni de les
écouter parler. *Ne frequentez point,*
dit l'Ecclesiastique, *des femmes qui* Cap. 9:
dansent, ne les écoutez point, de peur Cum sal-
tatrice
que leurs attraits ne vous perdent. ne assi-
daus sis :
N'arrêtez point vos regards sur une nec au-
dias il.

lam, ne forté pereas in efficacia illius: virginem ne conf-
picias, ne forté scandalizeris in decore illius.

fille, de peur que sa beauté ne vous devienne un sujet de chute.

Détournez vos yeux d'une femme parée, & ne regardez point curieusement une beauté étrangere : plusieurs se sont perdus par de semblables regards, & c'est ce qui allume le feu de la concupiscence.

Que la passion de l'amour produisant tous les jours des desordres dans les personnes libres, & dans celles qui sont mariées, on fait mal d'aller dans un lieu, où cette passion est loüée, excitée, nourie; & où les pieces ne plaisent, que lors que l'amour y est conduit d'une maniere tendre & passionnée :

Que l'ame s'y trouve exposée à des chûtes presque inévitables, parce qu'enyvrée du plaisir, elle n'est plus dans cet état de vigilance, qui est necessaire pour resister aux tentations ; & que rien ne peut excuser des fautes, dont la cause a été volontairement recherchée : Que les passions criminelles, qu'on represente sur le Theatre sont souvent

d'autant

d'autant plus dangereuses, qu'elles
sont touchées avec plus d'honnêteté apparente, parce qu'on goûte ainsi
sans répugnance & même avec plaisir, ce qui auroit fait quelque horreur, étant exposé trop à découvert;
& qu'enfin rien n'est plus capable
que la Comedie, d'étouffer insensi-
blement les sentimens de pieté, l'esprit de priere, & d'exciter les trois
concupiscences que saint Jean condamne.

Ne pouvons-nous pas joindre à
tout cela la défense de l'Eglise : le
tort qu'on a d'estimer & de rechercher ceux que l'Eglise excommunie,
& que les loix du Royaume notent
d'infamie, la perte du temps, la dépense inutile dans une conjoncture
où les besoins pressants des pauvres
demandent qu'on commence à re-
trancher du necessaire pour les secou-
rir. Je finis, Messieurs; Mais si vous
vous donnez la peine de lire un Sermon du P. Cheminais, vous y trou- Serm.ſt
verez de nouvelles raisons tou- la Con-
chées d'une maniere également ception
3. P.

M

Chrêtienne, éloquente & persua-
sive.

Fin du second Discours.

LETTRE

Où l'Auteur des Discours precé-
dens répond à quelques diffi-
cultez qu'on luy avoit propo-
sées.

L'On m'a assuré que Messieurs
de Sorbonne consultez par Messieurs de saint Sulpice, avoient mis
par écrit une decision raisonnée
touchant ceux qui contribuënt aux
pieces de Theatre, soit en les
composant, en les imprimant, en
jouant des Instrumens ou de quelqu'autre maniere que ce soit. Je
vous prie donc, Monsieur, d'agréer
que je vous renvoye à cette decision.
Vous devriez même trouver bon
qu'à l'égard des difficultez que vôtre ami propose, je ne fisse que lp
prier de s'addresser à la Maison de
Sorbonne, comme à une vive four-
ce de la bonne doctrine, & où cette

M ij

matiere a été tout recemment examinée. Mais de peur que vous ne
m'accusiez de vouloir m'épargner la
peine de vous répondre ; voicy ce
que je pense sur ces difficultez.

Première Difficulté.

Si l'employ des Comédiens étoit
infame & par consequent mauvais ;
Les Magistrats n'interdiroient-ils
pas leurs spectacles ? Les Evêques
les tolereroient-ils, & souffriroit-on
qu'ils s'autorisassent du nom du Roy ?

Réponse.

LA corruption du monde oblige
quelquefois de tolerer des choses qui font gémir les Saints. Ce n'est
pas qu'on ne les croye mauvaises ;
mais en les interdisant absolument
on craint de plus grands maux. Ainsi les Magistrats souffrent quelquefois des choses qu'ils n'approuvent
nullement. L'Eglise en agit de même & personne n'en doutera si connoissant l'horreur qu'elle a des lieux

infames ; on fait reflexion, qu'elle a
crû devoir les tolerer, en certaines
occasions. Saint Auguſtin a été de
cét avis. *a* S. Charles au premier
Concile Provincial, ſans citer ce
ſaint Docteur, ſuivit ſa penſée ; *b*
Et S. Loüis qui avoit fait des Statuts ſi ſeveres contre les femmes de
mauvaiſe vie, ſouffrit neanmoins
qu'avant ſa mort, il y eut à Paris, de
ces lieux qu'on n'oſe nommer, dont
les Maîtres dans la ſuite ſe maintin-
rent en poſſeſſion ſur de pretendus
Privileges du Roi.*c* On ſçait auſſi que
le ſaint Pape Pie V. banniſſant de
Rome les plus fameuſes Courtiſa-
nes, en ſouffrit quelques-unes ; qu'il
les relegua dans un même quartier
auprès du Coliſée ; qu'il leur aſſi-
gna une Egliſe pour y entendre la
Meſſe & la Predication, & qu'il
ordonna que celles qui mourroient
dans leur état infame ſeroient jettées
à la voirie. En uſer de la ſorte, dit
M. Godeau, c'étoit plûtôt les chaſſer que les retenir. C'eſt pourtant à
peu prés de même qu'en uſe à pre-

a Deera
diſt l. 21.
c. 4.
b Part. 21
tit. 65.

c Sau-
val. An-
tiquit.
m ſ.
Vie de
Pie V.
page 241.

Eloge
des Evê-
ques.
P. 345.

sent l'Eglise de Paris à l'égard des
Comediens, & je ne sçai comment
leurs amis pretendent s'autoriser si
fort de ce qu'on les tolere. L'Eglise
les tolere en effet, mais de la maniere qu'elle tolere les pecheurs publics & scandaleux. Le Rituel de
Paris les declare tels, & il ordonne
que s'ils osent s'approcher de la
sainte table, on les en repoussera
comme des personnes *manifestement
infames.*

A l'heure même de la mort où l'E-
glise use toûjours d'une plus grande
indulgence, on ne leur accorde le
Viatique ou la sepulture, qu'a-
près qu'ils ont publiquement tasché
de reparer le scandale qu'ils ont
donné par leur profession. Les sou-
frir de cette maniere c'est faire assez
connoître qu'on voudroit les chas-
ser? Car comment un chrêtien peut-
il aimer une profession qui le rend
abominable dans l'Eglise.

Rit. rom.

Cavendum in primis ne Viaticum, ed instinguas cæ aliorum scandalo

deferatur, quales sont publici usurarii, concubinarii, comædi, notorie criminosi....nisi publice offensioni prout de jure satisfecerint.

Seconde Difficulté.

Quelques personnes disent que l'excommunication lancée contre les Comediens, n'a peut-être pas plus d'effet, que celle qu'on prononce contre les Paroissiens, qui ont manqué durant trois Dimanches d'assister à la Messe de Parroisse.

Réponse.

CES persones se trompent bien fort, si elles croient qu'on declare excommuniez ceux qui manquent trois fois d'aller à la Messe de Paroisse. Ils n'ont qu'à lire le Rituel pour se détromper ; & ils y verront que le Curé ne fait qu'une simple exhortation en cette maniere. *L'on vous avertit de la part de Pag. 470. Monseigneur l'Archevêque de Paris, que selon le saint Concile de Trente, & les Statuts Synodaux de son Diocese, tous paroissiens ayent soin d'assister dignement à la Messe Paroissiale, ainsi*

Prônes, Commandemens & Instruc-
tions qui se font en leurs Paroisses les
saints jours de Dimanches.

Et les Statuts Synodaux portent
seulement, que lorsque les fideles
sans aucun legitime empeschement
auront manqué d'assister à la Paroisse durant trois Dimanches, le
Promoteur en sera averti, afin qu'on
les punisse selon le degré de l'offense
commise, ou du mépris qu'ils auront témoigné. Voyez, Monsieur,
si cela a quelque raport avec la peine
toûjours decernée contre les Comediens.

Quod si legitimo cessante impedimento absque licentia sui Curati per tres dies dominicos neglexerint interesse missæ Parochiali, denuncient statim Promotoribus, ut promensura contemptus vel offensæ puniantur. Ibid. pag. 461.

Troisiéme Difficulté.

MAis pourquoi permettre qu'on
invite à la Comedie par des
Affiches, & que les Comediens fas-
sent paroître sur leur Hôtel, que le
Roi trouve bon qu'ils donnent au
peuple le plaisir de la Comedie?

Réponse

en Réponse.

Outre ce qui a été dit sur la
premiere difficulté, Monsieur
d'Aubignac celebre Apologiste de la
Comedie, nous fournit une Réponse
qui merite quelque attention. Comme il y a toûjours, dit-il, dans un
Etat une infinité de gens qui demeu-
rent oysifs, ou parce qu'ils ne sont
pas d'humeur assez laborieuse, ou
parce que leur employ n'est pas con-
tinuel, cette faineantise les porte ordinairement, ou à s'abandonner à
des débauches honteuses & criminelles, ou à consumer en peu d'heures ce qui pourroit suffire à l'entre-
tien de leur famille durant plusieurs
jours. Et ils se trouvent souvent
contraints de faire de mauvaises actions pour soutenir leurs débauches,
ou pour remedier à leur necessité
pressante. Or à mon avis, l'un des
plus dignes soins de la bonté d'un
Souverain envers ses sujets, est de
les empescher tant qu'il peut d'être

N

Pratique du Thea-tre. Pag. 8.

oyſifs. De ſorte que comme il ſeroit
bien mal-aiſé, & qu'il ne ſeroit pas
même raiſonnable de leur impoſer
des travaux continuels, il leur faut
donner les ſpectacles comme une
occupation générale pour ceux qui
n'en ont point. Le plaiſir les y at-
tire ſans violence, les heures de leur
repos s'y écoulent ſans regret, & ils
y perdent toutes les penſées de mal
faire, & leur oyſiveté même s'y
trouve occupée.

C'eſt un défenſeur du Theâtre qui
parle, il faut l'en croire & regarder
ceux qui vont à la Comedie comme
des gens qu'on veut amuſer, de peur
qu'ils n'aillent faire des actions plus
criminelles. Leur mauvaiſe diſpoſi-
tion doit exciter la pitié, & merite à
peu près la même indulgence qu'eut
ce Prédicateur de Paris, qui dit en
chaire qu'on ceſſeroit à l'avenir de
crier contre les femmes qui portoient
des mouches, parce que pluſieurs Da-
mes l'avoient aſſuré que des taches,
des puſtules & autres difformitez les
obligeoient de couvrir ainſi leur

de leur visage. On dit qu'après cette
déclaration elles eurent honte de porter des mouches. Et peut-être les
chrétiens rougiront-ils à la fin d'aller à la Comedie.

Quoi qu'il en soit, je répons avec
Mariana sçavant Jesuite, qu'il faut
faire comprendre au peuple que la
Republique n'approuve point les
Comedies ; mais que si elle accorde
aux peuples le divertissement de la
Comedie, c'est qu'elle ne le peut re-
fuser à l'importunité de leurs de-
mandes. Et que ne pouvant obe-
tenir d'eux qu'ils se portent à ce
qui est de meilleur, elle a accou-
tumé de tolerer quelquefois de moin-
dres maux, & de donner quelque chose à la legereté de la mul-
titude.

Denique populus intelligat hjstriones non probari à Republica ; sed populi oblectationi, atque importunis precibus dari : quæ cum non potest, quæ meliora sint obtinere, solet alia

quando minora mala tolerate & populi levitati aliquid concedere. De J. de Regis institi t. 10.

Quatrième Difficulté.

DAns les Colleges des Jesuites
& de l'Oratoire on represen-

te des Comedies & des Tragedies
dans toutes les regles du Theâtre?
Pourquoi donc condamner ailleurs
ce qu'on approuve dans ces Colleges?

Réponse.

QUelle comparaison entre des
Pieces faites par des Réligieux
où des Ecclesiastiques tout occupez à
inspirer aux Ecoliers les regles du
Christianisme, & des pieces faites
par des personnes qui n'étudient que
les maximes du monde : Entre des
pieces examinées & approuvées par
des Superieurs de Communauté, &
des pieces où l'on n'a suivi que le
goût du plus grand nombre de ceux
qui vont à la Comedie, c'est à dire
où l'on recherche l'approbation des
gens vicieux ; car on peut bien dire
que la pluspart de ceux qui frequen-
tent le Theâtre ne font pas profession de vertu ? Etsin entre des pieces
qui se font tout au plus une fois
l'année, pour exercer des Ecoliers à
parler en public, & des pieces qu'on

repreſente tous les jours, pour ſatis-
faire un grand nombre de gens oi-
ſifs, qui ſe font un plaiſir de voir bien
exprimer les paſſions dont ils brûlent, l'ambition & le faux amour.
On peut bien aſſurer que ce ſeroit
un plaiſir aſſez mince pour ces ſortes
de perſonnes, d'aller tous les jours
entendre des pieces de College, compoſées ordinairement en Latin & repreſentées par des Ecoliers.

D'ailleurs on a déja fait aſſez entendre que les Comedies ou les Tragedies en ſoi, détachées de toutes les
circonſtances qui accompagnent le
Theâtre public ſont indifferentes,
Car qui dira jamais que ce ſoit un
mal, de reciter en public des vers ou
de la proſe? Certainement tant qu'on
ſuivra dans les Colleges les regles
qui ont été preſcrites pour les Poëmes dramatiques, on ne pourra point
y trouver à redire, & on y remar-
quera toûjours, que ces Poëmes different entierement des pieces des
Comediens.

Les Regles des Colleges des Jeſu-

res portent que les Comedies & les
Tragedies feront Latines ; qu'on
n'en fera que très-rarement ; qu'on
prendra toûjours des sujets de pieté,
& qu'il n'y paroîtra point de personnage de femme ni de fille.

Tragœ-
diarum
& Come-
diarum,
quas non
nisi Lati-
nas ac
rariffi-

mas effe oportet , argumentum factum fit ac pium : neque
quidquam actibus interponatur quod non Latinum fit & de-
corum ; nec perfona ulla muliebris , vel habitus , introdu-
catur. *Ratio Studior. Reg. Rector. n. 131.*

Les anciennes regles de l'Univer-
sité de Paris aussi bien que celles
des Colleges de l'Oratoire ne different pas beaucoup de celles-là. On a
seulement défendu dans l'Oratoire
de faire des Comedies ; on exhorte
à ne pas faire des Tragedies de cinq
actes , & à ne faire aucune piece toute Françoise. On le souffre
neanmoins en certaines occasions ;
mais j'ai ouï dire à des Visiteurs de
l'Oratoire , qu'on observe par tout
inviolablement de ne laisser jamais
paroître sur le Theâtre aucun personnage de fille ni de femme. C'est
un reglement renouvellé dans leur
quatorziéme assemblée generale , &

fondé fur S. Thomas, ou plutôt
fur la loi du Deuteronome, qui defend
fi expreffement de prendre des habits d'un autre fexe. Si cette loi
peut foûfrir quelque explication en
certaines rencontres, ce ne doit pas
être, ce me femble, pour un fujet
auffi peu decent & auffi peu utile
qu'il l'eft de faire paroître des femmes fur un Theâtre, & de faire
reprefenter par des écoliers un per-
fonnage qu'ils n'exerceront jamais.

Au refte, quand aux Colleges des
Jefuites ou des Peres de l'Oratoire
il fe feroit paffé dans des pieces de
Theâtre quelque chofe de contraire
aux regles prefcrites, ce feroient des
fautes perfonnelles qui ne doivent
pas tirer à conféquence.

Cinquiéme Difficulté.

LEs Comediens reprefentent quelquefois des pieces fort honnêtes;
Ne fera-t'il pas du moins permis
d'aller à celles-là?

N iiij

Réponse.

Cùm hi-
stricones
movetur
indiffe-
renter
tali exer-
citatione
ad repræ-

SAint Antonin dit que si les Comediens representent quelquefois
des pieces honnêtes & quelquefois
de deshonnêtes, c'est un peché d'af-
sister jamais à aucune.

*sentandum etiam turpia, illicita est ars & eam oportet di-
mittere. Et peccatum est talia aspicere, & talibus pro illo opera aliquid dare. S. p. sum ti. S. S. 142*

En second lieu, les pieces du
Theatre public sont appellées honnêtes, lors qu'on y déguise les passions qui feroient horreur si elles se
montroient à découvert. Or vous
sçavez ce que M. le Prince de
Conty & M. Nicole ont dit de
ces sortes de pieces. Le Pere Senault
quatrième General de l'Oratoire en
parle aussi d'une maniere qui vous
satisfera, si vous vous donnez la peine de lire le 4e. Traité du Monar-
que, Discours 7e.

Quelque grace & quelque force
qu'ait le Discours du Pere Senault,
vous ne laisserez peut-être pas d'en

iii

trouver aussi dans une maxime d'un petit Livre qui vient de me tomber par hazard entre les mains. La voici.

Tous les grands divertissemens _{Maxime} sont dangereux pour la vie chrétien-_{LXXXI.} ne ; mais entre tous ceux que le Monde a inventez, il n'y en a point qui soit plus à craindre que la Comedie. C'est une peinture si natu-relle, & si delicate des passions, qu'elle les anime & les fait naître dans nôtre cœur, & sur tout celle de l'amour, principalement lors qu'on se represente qu'il est chaste & fort honnête : Car plus il paroît innocent aux ames innocentes, & plus elles sont capables d'en être touchées. On se fait en même temps une conscience fondée sur l'hon-nesteté de ces sentimens ; & on s'i-magine que ce n'est pas blesser la pureté, que d'aimer d'un amour si sa-ge. Ainsi on sort de la Comedie le cœur si rempli de toutes les douceurs de l'amour, & l'esprit si persuadé de son innocence, qu'on est tout pre-

» paré à recevoir ses premieres impres-
» sions, ou plutôt à chercher l'occa-
» sion de les faire naître dans le cœur
» de quelqu'un, pour recevoir les mê-
» mes plaisirs & les mêmes sacrifices
» que l'on a veus si bien représentez
» sur le Théâtre.

Jugez, Monsieur, des suites que
peuvent avoir de pareilles dispositi-
sions.

Sixiéme Difficulté.

LES saints Peres & les Conciles
ne sont pas moins severes contre les jeux que contre les Comedies.
Cependant on ne fait pas beaucoup
» de difficulté de se trouver aux assem-
» blées de jeux, soit de dez ou de car-
tes ; pourquoi en feroit-on d'aller à
la Comedie ?

Réponse.

ESt-il possible qu'on pretende autoriser un dereglement par un
autre : Et s'imagine-t-on qu'il n'y ait

point de mal à faire tout ce qu'on fait hardiment dans le monde ? Je conviens que les saints Peres ont parlé avec beaucoup de force contre les jeux aussi bien que contre les Comedies, & je suis convaincu qu'ils ont dû le faire, & que les regles qu'ils nous ont données sur ce sujet ne sont pas sujettes à proscription. Si vos amis en doutent, priez-les de consulter les Casuites de nôtre siecle, le Cardinal Tolet, Navarre & autres. Ils leur feront assez entendre l'horreur qu'un Chrétien doit avoir des divertissemens, qui ne sont pas necessaires pour delasser l'esprit & le corps. Ils leur aprendront combien grand est le peché de la pluspart des gens du monde, qui consument au jeu bien du temps & de l'argent, & ils leur diront nettement, que celui qui donne entrée en sa maison à tous ceux qui veulent jouer, & qui en font une academie de jeux de hazard pechent tres-grievement, parce qu'il est tres-rare qu'on joüe à ces sortes de jeux ou

L. 1. 58.
c. 27.

qu'on forte de ces affemblées fans
offenfer Dieu mortellement.

Peut-être n'oferont-ils plus croire après cela que ces fortes d'affemblées peuvent leur fervir à juftifier
ceux qui vont à la Comedie.

Septiéme Difficulté.

PLufieurs perfonnes confidera-
bles approuvent la Comedie :
Ne peut-on pas s'en tenir à leurs
fentimens ?

Réponfe.

» IL eft vrai, dit le Pere Guzman
» Jefuite. Il y a des defenfeurs &
» des protecteurs des Theâtres & des
» Comedies ; & ils ne font pas en pe-
» tit nombre ni de petite autorité. C'eft
» de ces perfonnes que le Prophete dit
» avec beaucoup de reffentiment. *Mal-*
Ifaïe. » *heur à vous qui appellez bon ce qui*
5. 20. » *eft mauvais, & mauvais ce qui eft*
» *bon : qui donnez le nom de lumiere*
» *aux tenebres, & le nom de tenebres*

la lumiere : qui dites que ce qui est »
amer est doux, & que ce qui est doux »
est amer. Ils confondent sans doute »
les choses, ils en changent les noms; »
ils couvrent d'un voile d'honnêteté »
ce qui est mauvais & nuisible ; ils »
s'aveuglent eux-mêmes, & taschent »
d'aveugler les autres afin qu'ils ne le »
voyent pas. »

Mariana autre celebre Jesuite répond ainsi : la mauvaise coutume »
aveugle les esprits, & le silence trou- »
ve des protecteurs qui taschent de »
defendre ce que nous voyons faire »
tous les jours. Il y a même de grands »
Theologiens qui faisant un mauvais »
usage de leur loisir & de leur scien- »
ce, osent soûtenir que les represen- »
tations des Comedies sont confor- »
mes au droit & à l'équité. Il est fort »
aisé de les refuter & de les convain- »
cre par le témoignage & par l'auto- »
rité des Anciens Theologiens qui »
sont tous d'un même sentiment sur »
ce point ; Et je ne croi pas que les »
Docteurs de nôtre siecle voulussent »
s'en éloigner. Il n'est pas difficile de

découvrir ces illusions qui déguisent
la verité; mais il est tres-difficile de
détourner le peuple de ces folies, si
les Magistrats qui doivent y pour-
voir n'y employent leur autorité.

Æreat
nimirum
prava
consue-
tudo a-

nimos, &c quæ passim fieri videmus desendere consuevit
quidam licentia paltout; magni scilicet Theologi quasi ju-
ri & æquitati consona, otio & litteris abutentes, quos red-
arguere facile erit testimonio & autoritate veterum Theo-
logorum, in hac re non discrepantium, à quibus discedere
nostræ ætatis Theologos velle non putamus. Has autem si-
mulatæ veritatis præstigias retegere non est difficile: multi-
tudinem à furore retinere difficilius erit, nisi publica acces-
serit authoritas, quorum interest Magistratuum. *De Regis Insti-*
tu. L. 3. c. 15.

Je pense, Monsieur, que vous
devez me sçavoir bon gré de ne
vous avoir presque rien dit de moi-
même. J'ai cru, au reste, devoir
répondre succinctement à toutes ces
difficultez qui tombent assez d'elles-
mêmes, & je m'y suis d'autant moins
arrêté, que la question principale me
paroît suffisamment éclaircie. Je suis
&c.

Le 3. de Juin 1694.

JE n'ai rien de nouveau à vous dire sur ce que vous me demandiez ces jours passez, d'où vient qu'on dit communément que S. Loüis chassa les Comédiens du Royaume, & que j'ai fait entendre au contraire dans le second Discours, qu'au XIII. siecle, il n'y avoit point de Comédiens qui montassent sur le Theatre ni avant ni après Saint Loüis ; mais qu'on ne vit jamais plus de Poëtes comiques qui divertissoient le monde en chantant ou recitant de petites pieces de Galanterie, sans qu'il paroisse nulle part que S. Loüis ait fait aucun Edit contre eux. J'ai reveu les anciens Historiens de la Vie de ce grand Roi, & je ne trouve point qu'il ait chassé les Comédiens. Ni Geoffroy de Beaulieu qui étoit son Confesseur, ni Joinville, ni Guillaume de Nangis, ni l'Anonyme de M. Petau, ni Guiart, ni enfin aucun Auteur que je connoisse n'en ont rien dit ; & on n'en trouve aucun vestige dans ces belles Ordonnances que le saint Roi fit contre les blasphemateurs ;

les femmes de mauvaise vie : contre
les affemblées de jeux de dez, d'é-
chets, &c. Ajoutons que M. de la
Chaife, qui a fait l'Hiftoire de Saint
Loüis, fur tout ce qui s'eft pû trouver d'imprimé & de manufcrit, n'auroit pas omis cette particularité; ou
que M. l'Abbé de Choify, qui a rema-
nié toutes ces pieces l'auroit relevée.
Mezerai eft apparemment le Pere de
cette erreur commune, qui peut être
fondée fur ce que S. Loüis dès fa
plus tendre jeunesse ne voulut avoir
dans fa Cour, ni Baladins, ni Chantres, ni Poëtes de profession, & qu'il
n'eut fimplement qu'un Page * qui lui
chantoit quelquefois des chansons
de pieté. L'Epouse qu'il prit, l'in-
comparable Marguerite, se trouva
tout à fait dans les mêmes dispoſi-
tions. Quoique élevée dans une Cour
qui étoit comme le centre des Auteurs de la science guaye, parce
que le Comte Raymond son Pere,
honora plus qu'aucun Seigneur les
Poëtes Comiques, elle ne les aima
jamais ; & une infinité de pieces

* Duchef-
ne, T. v.
396.
la Chai-
fe 180.

en l'honneur de la charmante Marguerite, ne leur fervirent de rien
pour gagner fes bonnes graces. Il
y en eut un grand nombre qui l'ac-
compagnerent de Provence à Sens
où fe fit le mariage. Mais elle les
renvoya tous avec un affez modique
prefent que leur fit S. Loüis. Ainfi il
n'y eut jamais d'Auteurs Comiques
ou de Poëtes *recreatifs* dans la Cour
de ce grand Prince. Si cela peut s'appeller chaffer les Comediens, on
peut dire qu'il les chaffa, non pas du
Royaume, mais de fa Cour. Car
encore un coup, durant tout le regne de S. Loüis, on ne voit de tous
côtez que Poëtes de la fcience en-
jouée. Qu'on life les Vies des Poëtes
Provençaux, l'Hiftoire de Provence par Noftradamus, celle du fieur
Bouche, les Recherches de Pafquier,
&c. On verra qu'il eft prefque
toûjours dit des Poëtes Comiques :
Il étoit Chantre & joüeur d'inftru-
mens, & il alloit ainfi dans les Vil-
les chanter fes Syrventez, fes Come-
dies, & fes autres pieces galantes en

Q

satyriques. M. d'Avranche a dit la même chose des Poëtes Comiques Normands & Picards. S. Loüis ne les avoit donc pas chassé du Royaume, & il ne leur defendit pas non plus de monter sur le Theâtre, puis qu'ils n'y étoient point montez, ni en Provence ni ailleurs, & que ce n'étoit point là des Comediens tels que ceux d'aujourd'hui. On peut seulement les compter parmi *les Histrions* dans le sens que S. Thomas donne à ce mot, lors qu'il traite des Jeux, puis qu'il l'étend aux joüeurs de flutte, & generalement à tous ceux qui n'avoient d'autre emploi que de divertir quelquefois le monde.

Pour un mot que je voulois ajoûter à ma Lettre, voila déja bien des lignes. Et il faut pourtant vous citer encore l'endroit qui m'a fait dire que Saint Charles *fit composer* le Traité contre les Danses & la Comedie. C'est de la Vie de S. Charles qui est dans Surius, d'où l'on tire cette particularité, & beaucoup d'autres qu'on ne trouve

pas dans Giuſſano. On voit au 4. de
Novembre page 115. que le traité
dont il s'agit fut composé par un des
Domeſtiques de ſaint Charles, &
que ce ſaint Cardinal preſenta le Livre au Pape Gregoire XIII. en 1579.
Monſieur Boſquet Evêque de Mont-
pellier en apporta de Rome une co-
pie en France. On en fit une Traduction Françoiſe; & en 1661. on l'im-
prima à Toulouſe chez Boude, &
à Paris chez Soly.

F I N.

Extrait du Privilege du Roi.

PAr Privilege du Roi donné à Versailles le 2. jour de Juillet 1694. Signé par le Roi en son Conseil, VATBOY; il est permis à LOUIS GUERIN, Marchand Libraire à Paris, de faire imprimer un Livre intitulé, *Discours sur la Comedie, où l'on voit la réponse au Theologien qui la defend, avec l'Histoire du Theâtre, & les sentimens des Docteurs de l'Eglise depuis le premier siecle jusqu'à present* pendant le temps de huit années, à compter du jour qu'il sera achevé d'imprimer, avec deffenses à toutes personnes de le contrefaire ni en vendre de contrefaits, à peine de confiscation des Exemplaires, de trois mille livres d'amende, & de tous dépens, dommages & interests, ainsi qu'il est plus au long porté par ledit Privilege.

Registré sur le Livre des Libraires & Imprimeurs de Paris ce 17. Juillet 1694. Signé P. AUBOUYN, Syndic.

Achevé d'imprimer le 2. d'Août 1694.

Et ledit GUERIN a cedé la moitié de son droit audit Privilege au sieur JEAN BOUDOT Libraire à Paris, pour en joüir aux clauses d'icelui.